いまよみがえる
戦後詩の先駆者たち

南川隆雄

七月堂

目次

いまよみがえる　戦後詩の先駆者たち

まえがき

本書所収の大部分は、当初、詩誌「胚」に「戦後詩のひよめき」と題して連載した。ひよめきというからには戦後詩最初期の足跡を想定して筆をすすめたのだが、対象とした詩誌を読み通していくうちに、これはもはやひよめきという状態ではない、人の齢にたとえれば戦後一、二年ですでに少年期を通りすぎて、十代も終わりの青年期に至っているのではないかという感慨を覚えはじめた。それほどに、起ち上がった直後から戦後詩は体格体力ともに一気に充実をうかがわせる段階に達していたのだった。

これまでに著された戦後詩史書の多くが「荒地」グループの活動期を戦後詩展開のかなめとみているが、右の青年期という観点から眺めると、「荒地」の活動はすでに体幹、体力の完成したおとなの仕事という印象を受ける。そこに達したからには、先にはもはや戦後詩のゆったりとした下り坂が見えるばかりである。「荒地」の主要な幾人かは終戦前から詩作に励み、力をため込んで、戦後いち早く、ここにあげた創刊間もない「新詩派」「純粋詩」などに詩や評論を発表している。後年の「荒地」での活動はそこでの体力づくりの結果ではなかったか。「戦後詩のひよめき」を連載しながら、そのような思いをしだいに強くした。それゆえ本書の対象とした戦後黎明期の詩群は「青春」と形容するのがふさわしい。戦時体験と乏しい物資や疾患に苦しみながら、文字どおり命懸けで創作に励んだ詩人たち。一見軽薄にみえるが「凄春」ということばで呼びたいほどである。

過去の詩人の業績にまみえるにはさまざまな手法があろうが、この度は一貫して当時の詩誌のいくつかを直接そしてできる限り洩らさず通読し、要点を学習帳にしたためる方法に頼った。ある詩人を知るには、評伝や解説を尊重することも大切だが、それが過剰になって自らの率直な観察眼が曇ってしまっては心許ない。それゆえ、ここはさっぱりと詩人の実績に直にまみえることを優先した。

　戦後七十数年というこの期に及んで、なぜまた初期の戦後詩か。あの頃の詩のどこが自分を惹きつけるのかという事情を冒頭から書き出せば、たぶん収拾がつかなくなるだろう。そうした私的な思いは本文中に漸次差し挟んでいくことにしよう。

　戦後詩はそれが書かれた時代の作者の実生活と不可分に密着している。これが現今の詩作品といささか異なる特徴である。実生活とは、占領下に与えられた民主主義と勃興する社会主義運動という環境下での衣食住の極端に欠乏した日々の暮らしである。そんななかで若い世代の詩人たちは詩に向き合った。さらに年長の先行の詩人たちは、戦前・戦時の仕事への批判と反省という重荷を背負った。戦後詩はこうした個人生活・社会生活のなかで産み出された。作りものでない迫力は自然に放射されてくる。戦後に詩作をはじめた若手の詩人よりもさらに十歳ほど若い世代に私は生まれついたが、それでも戦時と戦後数年の卑近な庶民生活と世情は身に染みて体験している。そのせいか自分なりの戦後詩享受の仕方がなにかしら身についてしまっている。

　もはや戦後ではないと言われて久しい。しかし、だからといって戦後という時代がはるか歴史の彼方に追いやられたわけではない。戦後すでに七十余年か、それともいまだ七十余年か。私の思いはどうやら後者である。文芸という分野一つを眺めてみても、戦時と敗戦、それに接する戦後初期という特異な時期が現在の私たちに及ぼしている影響は余りにも広域にわたりかつ底深い。その因果関係さえいまだ不分明なところが多い。当時を少しでも知る人々が生存しているうちに解明しておきたい事柄がある一方、一定の時間を措いてから物事を見つめ直す利点もある。日本人の平均寿命より多少短い七十余年という年月はなかなかに微妙である。

　読む詩への興味は人によってさまざまだろうが、私は戦後の、それも早い時期の作品を若年の頃から好んできた。好むというより心ひそかに頼りにしてきたとでもいえばよいか。田舎から都会に出てきた男が雑踏に揉まれて埃まみれになり疎外感に取りつかれると、山懐に抱かれた故郷の部落にいっとき帰ってしばし自分を取り戻したいと考える。しつけにうるさかった二親はもういないが、その面影は生家跡のそこここに残っていよう。実際に私にそんな気の利いた場所があるわけではないが、気持ちとしては初期の戦後詩をそのような拠り処にたとえても、それほど外れてはいまい。

管見をおそれるが、「戦後詩」という言い方を最初に遣ったのは中桐雅夫ではないかと思う。これは「近代詩苑」創刊号（一九四六年一月二十五日発行）の中桐の詩論「戦後の詩」の中程に一度だけ出てきて、「……日本の戦後詩といふものも、全体的に且つ客観的に検討することをしないならば、日本詩のオーソドックスを見失ふ畏れがある」という文のなかにある。「戦後の詩」という言い方からつい「の」を抜いてしまったというふうで、「戦後詩」を常用語にしようとする意識はなかったとみられる。この表現を初めて意図して遣った文筆家がたぶん別にいるのだろう。成語化によって、語句の表す枠組みは一層明らかになり、流布しやすくなった。

1　おおとりは焼け野原の空に羽ばたいた
――「鵬」創刊号

なにをもって最初の戦後詩とするかという詮索や比較はあまり有益とは思えないが、作品を活字にして世に問うた時期を戦後詩考察のうえの目安とするのは実際的な意味があるだろう。ただし詩集では収められた詩の作成時期を判別しにくい。となると雑誌が最も分かりやすい。そういう目で眺めてみると、私の知る限り、北九州から戦後いち早く刊行された「鵬」を戦後詩誌の嚆矢としてあげて差し支えないだろう。この詩誌は後述のとおり終戦の年の十一月一日（奥付による、以下も同じ）に第一冊目を出した。終戦直後の初秋に編集と同人の態勢を整えて印刷に漕ぎつけたと推察され、この時期をさらに先行する同人詩誌の発行は考えにくい。「鵬」は発行号数、同人数また詩・エッセイ・詩論等の内容からも詩誌として長期の発行を目指す本格的な体裁を整えている。

なぜここで「鵬」についてとり立てて紹介するかというと、この詩誌の実態が意外に知られていないからである。戦後最初期の杉浦伊作（一九〇二―五三）の時評（一九四七年一月）（資料1）には「九州に於ては劉寒吉、原田種夫等は、火野葦平と「九州文学」に依り、新人群は「鵬」に集つて、九州の昔の「とらんしつと」の活躍をほうふつさす。小田雅彦、八束龍平、安西均等である」と簡潔に記してある。この時評の時点で全国にほぼ百種の詩誌が刊行されていると杉浦は推定しているが、「鵬」が最も早く創刊されたという認識には至っていない。

時代が下れば、小田久郎（一九三一―）『戦後詩壇私史』[1]（九五年）と平林敏彦（一九二四―）『戦中戦後詩的時代の証言 1935-1955』[2]（二〇〇七年）にはむしろ例外的に「鵬」の記述が見られる。この二人の詩人は「鵬」同人、とくに岡田芳彦（八束龍平の本名、一九二一―九四）と直接の接触があった。小田は「戦後詩の夜明け――北九州のアラゴン 1945～46」の章でかなりの紙幅を割いて「鵬」を紹介し、「六二年に九州に行ったとき、岡田と逢った。もう岡田は詩を書いていなかった。小柄だが、がっしりした体軀で、眼差は鋭く風雪をへた闘士の風貌があった」と思い出を記している。

「ちょうど「新詩派」のアウトラインが見えてきたその時期に突如出現した「鵬」はわずかザラ紙十二頁の小冊子だが、それを手にした瞬間の感動をぼくはいまだに覚えている」と平林は回想し、こうも書いている。「創刊当時に読んだ記憶は別にして、ぼくがやっとのことで創刊号の実物を手にしたのはごく最近のことだった。二号以後は早目に閲覧していたが、なぜかどこの図書館にも近代文学館にも創刊号が所蔵されていない。最終的に貴重な資料を提供してくれたのは小田雅彦夫人の吉木幸子である」

北九州の詩人、黒田達也（一九二四―二〇〇八）の二冊の詩史書[3]にはさすがに「鵬」創刊時の状況がかなり具体的に記されている。大牟田市出身の黒田は、「今では幻の詩誌である「鵬」を私がはじめて見たのは、焼土の街大牟田の郊外の小さな文房具店の陳列棚だった。まだ二一歳だった私は精神的にも飢えていて、夢中になって読んだ。烈しい衝撃だった」（一九八七年）と書いている。黒田の記述などから推察すると、創刊当時は焼け残った北九州周辺の書店などを通じて販売されたものの、全国的に交換するなどして配布された部数は意外に少なかったのではないか。郵便・通信制度も復旧に至らなかった時期である。いまに残存する「鵬／ＦＯＵ」の通巻（とくに創刊号）が稀少である理由はそのあたりにありそうだ。

戦後の視座で書かれた最初期の現代詩史といわれる遠地輝武著『現代日本詩史』[4]には「鵬」の記述はない。その「はしがき」には脱稿から出版までに五年を費やしたとあるので一九五三年あたりまでの現状が記されているはずだが、おそらく「鵬」の存在が著者に及ばなかったのではないかと推察できる。個人的な情報ながら、遠地は「荒地」の詩人とは没交渉だったが、新日本文学会の集まりで会っていた平林とは親しく話のできる間柄だったという。それゆえ岡田芳彦が「新詩派」「近代詩苑」「荒地」などに作品を出していたことを遠地は気づいていたはずだが、それから「鵬」にまでは遡れなかったのだろう。

そういう思いで身の回りにある新旧の戦後詩史関連

の幾冊かをあらためてみると、おおむね「鵬」の記述が意外にも欠落している。地方の詩誌ゆえに見逃された、または重視されなかったのだろうか。少なくとも「鵬」が戦後最初の同人詩誌とみられることは、今日に至るまで意外に知られずに過ぎてきている。私はここでは遅ればせながら「鵬」[5]を手許に引きよせて、全体をしっかりと読み通すことを思い立った。

「鵬」創刊号（1945 年 11 月）

奥付によると「鵬」創刊号は一九四五（昭和二十）年十一月一日鵬社同人発行、発行者代表は鶴岡高（八幡市槻田清田町、一九二〇―二〇〇八）、編集は岡田芳彦（八幡市）、鶴岡、小田雅彦（小倉市、一九一八―九〇）の三名、頒価一円但し会員は二円。体裁はA５判三段組十二ページ。詩の発表者は掲載順に、安高圭之助、小中太道、麻生久（一九一九―二〇一〇）、寺島春子、小田、八束龍平（岡田芳彦）、品川斉、鶴岡、八束五郎、仲田幸雄、随想・評論の執筆者は玉井政雄（寄稿）、小田、吉木幸子（一九一八―二〇一二）、八束龍平、安光豊、八束五郎、小中の十三名。これに末尾に記された未執筆者十三名を加えると、創刊時の同人は計二十六名となり、相当な多人数であった。創刊同人として加わったものの、それぞれの事情で作品発表に至らなかった同人が半数を占め、当時の生活状況の厳しさがそれとなく想像できる。十月初めの脱稿の日付を記した作品がいくつかあり、これから推察すると、原稿を整えてから一か月弱で発行に漕ぎ着けたことが分かる。

なお、寄稿者の玉井政雄（一九一〇―八四）は、若松市出身で火野葦平（一九〇七―六〇）の実弟。「鵬」の詩人たちとはほぼ一回り年長だが、当時はまだ三十代半ばだった。福岡日日新聞社（西日本新聞の前身）

八幡支局在籍中に召集され、四年後に中国から復員し、戦後は作家活動に専念した。『兄・火野葦平私記』（島津書房、一九八一年）などの著作がある。

創刊号の詩十一篇に目を通してみる。あらかじめ行数制限を設けていたせいか、それぞれが二十行前後と短く、一ページ一段に収まっている。相対的な印象としては、いずれも思い思いの詩想を手堅く簡潔にまとめているものの、抒情性が目立つ。（三篇に「少女」が立ちあらわれ、秋や夕暮れや雨の描写が舞台を形づくっている。）後日のいわゆる戦後の詩からはまだかなりの距離感があり、まさに「戦後詩のひよめき」というにふさわしい。

これら十一篇の詩はいずれの時期につくられたのだろうか。ごく常識的には戦災から終戦日までの粗熱がやや引いたあたりから、同年十月初めの原稿期日までの間となり、さらに限定すれば編集方針が決まってからの九月の一か月間と考えてよいだろう。もっとも作者によっては終戦日以前から原稿や草案を用意していたとしても不自然ではない。口には出せないけれど心のうちの敗戦は本土への空爆によってもう覆らないものと思われていたからだ。さらに想像を膨らませれば、創刊後に載った詩篇のいくつかは、戦時のもっと早い時期に書き措かれていたのかもしれない。何気ない抒情表現のうちに愛国詩・戦争協力詩への批判が隠されていてもおかしくない。

同じ時期まだ小学生であった私の限られた記憶を手繰れば、終戦の年の秋といえば、精神の挫折はいうに及ばず、都市生活者にとっては衣食住の最も欠乏していた社会の混乱期に相当する。場所によりけりともいえようが、そのような最悪の時期になんの腹の足しもならない詩作によくも時間を費やすことができたものだと、ただ感嘆する。

懐古　　寺島春子

古い記憶に
まるくまはつて還りたい

去年ひろげた鳥の羽毛
できるなら

生れたときの濡れた生々しさで
望みを静かにもちかへたい

針でつついたかるい追憶よ
どこからくるのか冷たい匂ひがする

真新しい動きの中で色を変へた
けさの木の葉は
高い梢にさらされてゐる

虫がつくるのか
わびしい音色の孤独感
遠く
春の装ひからもかけはなれた

冷たく降れ
冷たく降れ　温和しいそぶりにいちまい
いちまい葉をゆるがせてはちらす
古木の影を
しようじようとまいた雨

右の詩は秋雨のなかで物思う、一見静かな抒情詩である。出だしの連では、まだしも穏やかであった戦前の生活に戻りたいと願っているが、その気持ちはしだいに来るべき新しい世に取り込まれる不安に変わっていく。しかし終連になると心は定まり、日本人のいまだ経験したことのない世のなかに真向かう、あの時代のもんぺ姿の若い女性の覚悟のようなものを感じる。あえて仮名書きにした「しようじよう」とは蕭条か生々か。昂ぶることのない、そして遊びのない切実なことば遣いが変転する思いを無駄なくつなぎ留めている。「鵬」の存在が近年まであまり知られていなかったせいで、この詩誌をおもな発表誌とした寺島の作品も多くは忘れられているが、寺島は戦後間をおかず始動した数少ない女性詩人として記憶されるべきではないか。

国家総動員法（一九三八年四月に制定）の対象とされた言論・出版の規制は、終戦年の十月四日のGHQ（連合国軍総司令部）の覚書によって無効となったが、実質的にはすでに八・一五の無条件降伏によって実効はなくなっていた。この経過を考え合わせても、創刊号の原稿十三名分を十月初旬に集め、十一月一日発行に間に合わせたという迅速さにはおどろかされる。おそらくそれまでに編集者たちのあいだで余程の意見統一と準備がすすんでいたのだろう。

評論、随想のほうに目を転じてみよう。小田雅彦は「詩の周囲」のなかで「戦ひはわたしたちの緊張度を急速に高め、八月十五日を境にして、ぱらりと、わたしたちを放心と混乱に閉じこめた」「わたしたちの周りには、その思考の裏で根底をなすものが動揺しながら、新しい秩序を求めて、空隙状態がつづいてゐる」と述べ、批判精神の欠如を指摘するが、社会の混乱から距離をおく語り口は意外に穏やかで、またいくらか抽象的でもあり、終戦日直後の家庭状況を描く小田夫人吉木幸子の「出産記」とは好対照をなす。

「詩の出発」で八束龍平は主張する。「戦争と詩と、政治と詩と、――詩の効用性があれほど発揮された時代はふたたび来ないだらう。かつて小林秀雄が云つた「私は一人の文学者としてではなく、一人の兵隊として祖国のために戦ひたい」といふ意味の言葉が、何か意味ありげに我らの前に浮び上がつてくる」と。詩の感動と現実の感動とが混同された時代がつづき、それを忠告する者は非愛国者のように非難され、それを分かろうとしない詩人や批評家がいたことは我らの不幸であった。「彼らこそ、最も戦争と政治を利用したのである」。「詩人」と称する少なからぬ人たちは戦争と政治に便乗したのだ。そう八束は指摘する。末尾に昭和二十年十月三日脱稿の括弧書きがあり、戦後最初期の戦争（協力）詩批判である。

ここでの八束の主張はあらためて考察する価値があるだろう。詩はどこに向かって歩き出すのか。それは詩を書いてみるほかに分かりようがない。書いているうちにおのずから道は指し示されるだろうか。国難と社会の変動に翻弄される若い詩人の率直な戸惑いである。

「後書」についても要点を記しておこう。「友人も大半は復員した。そして、機会毎に昔の友情を温めあつた。未だ消息の途絶えた者も、わたしたちの前に姿を現はすのも、さう遠くはないだらう。この詩誌が生まれるのは、今日までの北九州の詩人の動向から、推して必至である」。経過を淡々と述べる小田の筆致は変わらず穏やかだ。岡田のほうはといえば、「若い詩人の殆んどを同人とするこの詩誌は紙数の貧しさにも拘らず、詩に於て内容に於て、北九州唯一の、或は日本唯一の若い詩人の詩の祭典であると自負していゝと考へる。要は今後の「鵬」の羽搏きを見て戴けばいゝ」「しかし、この輯に発表した程度の作品に私達は決して満足してゐない。編輯会議の席上では作品の低調さが歎かれた。発行日を厳守するために、作品は一篇しか除去しなかつたが、これらの作品中みなの賛成したものは僅かに四篇に過ぎなかつた」とこちらも率直に現状を打ち明けている。これらの記述から、「鵬」の拠点を北九州に想定したことが確認できる。

岡田の後記はいささか気になる「通信」に触れている。

昭和十九年から昭和二十年にかけて「通信」は三十六号まで出た。この一枚のプリントが兵隊と郷土の私達とを結ぶ、詩の精神の補給路であった。戦争の終結によって、「通信」は終焉した。しかし「通信」によって結ばれた友情がここに詩誌「鵬」を生んだ。

終戦二か月で大半が復員したというからには、内地（国内）での復員者が多かったのだろう。「通信」はそうした兵役に服する人々に配布されたのだろうが、「鵬」創刊にだいじな役割を果たしたとみられる「通信」を私はまだ実見していない。内地とはいえ兵役に服する者にどこまで配布できたのかは分からない。いまもまだ保存されているのだろうか。

右と関連して黒田達也の著作[3]（一九八七年）に、「小田雅彦、岡田芳彦らは戦時中から東潤のシュール・リアリズム詩の技法を憶えていたし、岡田によって教えられた若い詩人の卵たちが「竜」という四頁ものを出していたが、これは戦地にいる詩人たちとのつなぎの場になっていた。これが「鵬」に発展するモダニズム的雰囲気の根源になっていた」（注・漢字表記は黒田文による）という示唆に富む記述がある。ここでいう「竜」は「通信」の標題であったのだろうか。なお、

ＦＯＵクラブから一九四六年十月に第一号が配布された「ＦＯＵ通信」（岡田芳彦編集）はここでの「通信」とは異なるので混同できない。

この章の終わりに、「鵬」を創刊するまでの編者たちの被災状況について述べておこう。

米軍機による八幡空襲は三度行われている。一九四四年六月一六日未明の空襲では官営八幡製鉄所を第一目標としたが的が外れ、むしろ被害は北九州五都市（八幡、小倉、戸畑、門司、若松）に及んだ。八幡市（現在の北九州市八幡東区と八幡西区）は同年八月二十日に二度目の空襲を受けた。さらに翌四五年八月八日の三度目の空襲では市街地は焼夷弾爆撃により壊滅的に被災した。小倉造兵廠のあった小倉市（現在の北九州市小倉北区と小倉南区）が広島市に次ぐ原爆の標的であったことはよく知られている。八月九日、Ｂ―29ボックスカーが飛来するが、悪天候と前日の八幡空襲の余塵のため視界が悪くて投下を免れ、結果として第二弾は長崎市に投下された。八幡市に比較して小倉市街地の被災の程度は低かったようだ。

「鵬」発行所は前述の八幡市の鶴岡高の住所だが、ここは被災を免れた。「後記」で岡田は、自分の家は焼夷弾のために灰になったので鶴岡と同じ槻田に居を移したと記している。印刷を請け負った関西印刷所は小倉市京町、小田の住居は同市北方本町である。それゆえ「鵬」の発行は被災をからくも免れた八幡市と小倉市に跨ってすすめられたことになる。いずれも被災地域と隣接した場所での空襲と敗戦を直に肌に感じての作業だった。

資料1

杉浦伊作の時評「昭和二十一年の明暮」[6]は「昭和二十一年と云ふ年は、日本詩壇には、確に画期的な年であつた。昭和詩壇の新しい出発地点ともなつた。ここ十年間くらひの日本詩壇に於ては、詩の成長といふ過程になくて、実の処、混迷時代であつたとも云へよう。此の間のブランクを語るによしない」という文ではじまる。以下にこの時評の終わりに近い部分を転載する。

「詩の故郷（本格的な詩の作り方）に帰り、夫々の場で、活躍しだした既成詩人を挙げれば、公器的存在とは謂へ、アバンギャルド詩人群が集つた「現代詩」には、北川冬彦、安西冬衛、近藤東、笹沢美明、安藤一郎、浅井十三郎、阪本越郎、杉浦伊作、杉山平一、田木繁、岡﨑清一郎、大島博光、小林善雄、大江満雄が大体中心となつてしんしな詩運動に献身した。是れ等の運動は啓蒙運動となつた。アナキストの連中は「コスモス」に拠り、岡本潤、小野十三郎、植村諦、金子光晴、秋山清等が往年の元気を取り戻し、長田恒雄の「ルネサンス」は、これ又都会人的な人々がきせずして集つた。大陸から、草野心平が帰ると、往年の「歴程」同人は又大方ここに集つたやうだ。昭和二十二年正月に創刊になるさうだが、集るのは、草野心平、土方定一、逸見猶吉、金子光晴、山ノ口（山之口）獏、伊藤信吉等らしい。その昔プロ詩壇の雄とされた中野重治は「アカハタ」新聞に関係しながら、壺井繁治と「新日本文学」で活躍しだした。北園克衛は「VOU」を復活して、新風を巻きおこす。岩佐東一郎は、昭和二十一年の日本詩壇にトツプをきつて「近代詩苑」で、彼のグループのために活躍したが、おしくも「近代詩苑」を休刊した。城左門がこれにかはつて「ゆうとぴあ」を発行しだした。ここは、城左門と若い人に木原孝一、秋谷豊、岩谷健司が加はり、菱山修三、竹中郁が参画してゐる。「四季」は、堀辰雄の編纂で復活して、三好達治、丸山薫、神保光太郎等が、「四季」の香風を、まき散らし、「詩と詩人」では、浅井十三郎が、中堅になる新人を集めて、大いに気焔をあげる。同人としては田村昌由、関谷忠雄、大滝清雄、河邨文一郎、兼松信夫、亀井義男、正木聖夫、梶沢正己、真壁新之助等を前線にたゝせてゐる。大体にして、夫々の故郷に帰り、みんな夫々のグループ的雰囲気と、各自の個性を発揮しだしたのは、当を得たものである。この外に、西条八十は、個人詩誌的であり且新人育成の詩誌として、「臘人形」を復活して、堀口大学、其の他の詩人の応援を求めてゐる。

かうした既成詩人に対抗的に、新人の雑誌として、注目するのは、福田律郎、村松武司、小野連司、尾崎徳等の「純粋詩」が堂々と馬を陣頭に進め、「新詩派」の平林敏彦、柴田元男、鮎川信夫、田村隆一、高田新等が又元気に、中央でのろしをあげると、信州では「新詩人」が堂々と、カンバツクした田中聖二、村上成実と新人穂苅栄一が地方文化の確立にめざましい活躍をして、篠崎栄二、吉田暁一郎、小出ふみ子を糾合して、気焔をあげた中に往年の「ごろつちよ」の鈴木初江がものすごい意気負いで猛身すると、愛の女流詩人等がここにきせずして集つた。岡村須磨子、壺田花子、山本藤枝の連中、みんな昔の「ごろつちよ」組で、その元気新人におとらずの活躍である。九州に於ては劉寒吉、原田種夫等は、火野葦平と「九州文学」に依り、新人群は「鵬」に集つて、九州の昔の「とらんしつと」の活躍をほうふつさす。小田雅彦、八束龍平、安西均等である。北日本では小笠原啓介の「日本海」があり、北海道では、更科源蔵が「野性」を出して居り、四国では「南海詩人」で正木聖夫ががんばると云ふ風に、全国各地、実に華々しく活躍しだした。

浦和に於ては北川冬彦、安西冬衛、大島博光、近藤東等の賛助のもとに「気球」が創刊されて、その元気あたるべからざる風がある。ここには、河合俊郎、山崎馨、安彦敦雄、麻川文雄、鳥丸邦彦、岩上聡、町田志津子、田村晃等のホープが控へてゐる。

適確なる「詩壇時報」を発行し、「虎座」を発行する寺田弘は、よき新人、祝算之介を紹介した。この新人こそ、詩壇ルネツサンス唯一の掘り出しものか。仲村久慈は又親切に若い人を誘導するために「若い人」を復活した。

その他、注意をひく詩雑誌としては、「建設詩人」「樹氷」「爐」「竜舌蘭」があり、この外にもつとも注目すべき雑誌に「花」がある。「花」は上海がへりの池田克己が主となり、佐川英三や往年の「豚」の連中や上林猷夫、黒木清次等が集り、神戸からは「火の鳥」の会に集る者は、旦ての「神戸詩人」の連中、亜騎保、小林武雄、中野繁雄の新鋭と、井上靖、能登秀夫等も加り、かぎりない努力を尽して、新しい詩精神の開拓に努力してゐる。その他是れ等に拠らないで活躍する人々の名を連記し得ないのは残念だが、他日に譲る」

2　戦時詩への避けがたい批判と自省
——「鵬」第二号から第六号、改名「FOU」第七号から第一〇号

「鵬」第二号（新年号）は創刊一か月後の十二月一日発行。編集・発行者の鶴岡高は前号と変わらず、新たに東潤、西田春作、中原博、段谷正子、寺下知照、馬田昇、柴田大の詩作品が加わり、執筆者数は十六名、これに未執筆者を加えると同人数は計三十名。体裁は前号と同じだが厚みが十六ページと増え、頒価二円（会員三円）と倍増した。

詩では寺下の「虹」の巧みな技法が目立つ。麻生久、小田雅彦、品川斉、八束龍平が詩論をまとめている。麻生の「詩の出発」は前号の同題の八束の主張を受けたものだが、詩はどこへ向かうべきかという設問へさまざまな思いを述べながら、主張の力点がどうも判然としない。

麻生はまた、かつて「通信」（1章を参照）に載った神崎正衛の戦時の詩「刺突」に注目し、これを読んだときに覚えた新しい抒情への驚嘆を思い返して、戦時の「通信」をめぐる当時の情勢を顧みるとこの詩はむしろ偶然の所産であったのだろうと回想する。神崎の詩は幸いにもこの号に再録されている。

刺突　　神崎正衛

敵を見つめた眼は
動かない
遅れる右足を引付け乍ら
ぐつと敵を睨み
殺意をさぐる
已に突進の気勢は整ふ

汗が滴り
形相が徐々に
引締まつてゆき
その極みから
裂帛の気合が生れる

猛然　踏切つた足で
からだを浮し
確実に繰り出した
手と体と
気勢で
ぶつかつて行く

一閃
剣は敵の
胸板を刺し
鈍い手応へは
惰性のついた身体を
がつきと支へる

確かに「刺突」を時代を伏せて現在の人に読ませれば、フェンシングの試合に詩材を得た迫真の作と受けとられかねない。麻生が「新しい抒情への驚き」と回想したこの詩はじつは実体験であったのだろうか。ともかく、「通信」にはこのような詩も掲載されたと、麻生は言い残したかったのだ。一読すれば自明のとおり、これは愛国詩や戦争協力詩でなく、吉本隆明のいう「大戦時の欧米の戦争詩を支配したのは、極限状態での人間主体が耐える無類の格闘を描こうとしたことであり、それらの詩は戦争詩一般を悪とする判断をさえ拒否する」（要約）という観点での戦争詩の要素を備えているといえよう（資料2）。

「鵬」第2号（1945年12月）

第二号「後記」で岡田芳彦は「まだ混迷の中にゐるやうであるこの輯の作品には、不思議とあまい作品が多かつた。こうしたあまさが戦争中には禁じられてゐたことへの反動であるかも知れないが、あまさに深みのない現象が残念でならない」と指摘する。この低迷ぶりを小田も言及し、次号あたりから「鵬」の羽ばたきもいよいよ本格化するだろうと期待する。この「後記」には鶴岡が「創刊号を発行していささか驚いたことは、この小冊子が全国で唯一の詩誌であつたことである」と記している。

年があらたまり第三号（二月号）が一九四六年一月一日に発行された。編集・発行者、体裁などは前号と変わらないが、作品特輯とあるとおりすべてが詩篇で占められ、新執筆者は神崎正衛、長谷川吉雄、香崎市之助、服部正則の四名。抒情詩の傾向はこれまでとさして変わらず、詩想も断片的で迫力に乏しい。

第四号（三月号）は二月一日の発行。執筆者に中島宏、寺田卓、中島茂、鳥山邦彦、山里長正、中村深恵、関谷郁矢、重本恵津子、堀江勘市が新たに加わった。

この号も詩論はなく、それに替えてアンケート「現代の詩にもつとも要求するもの」を組んで創刊以来の停滞から何とか脱しようとしている。しかし詩誌の主柱は何といっても詩作品である。この号も前号の作品特集の続編の観があり、迫力はいま一つである。編者たちの最大の悩みもそこにあり、打開のための議論を重ねていることが「後書」からうかがえる。鶴岡高は記す。「「鵬」は北九州の若い詩人たちが大同団結したものであり、エコール運動ではない。が、友義のみによって結ばれたところに問題が生ずる。新しい詩を創り出すには何が役立つかの議論の結果、営業雑誌的な行き方で「鵬」に方向と意義を与えることになった」（要約）。営業雑誌的な行き方が具体的に何を意味するのかは分からないが、ともかく方向を転換して新基軸を見出したいとの意向を明らかにしたのだった。執筆者を鼓舞する意味もあったのだろう（資料3）。

アンケートでは仲田幸雄がひとり小詩論ともいえる一文を寄せている。「戦時は純粋詩を固持すれば非愛国者と見られ、悲しむべき拙い詩が戦争詩を代表するが如く横行した。詩は武器だとまで呼ばれた。そう呼ばれたとき、詩の命は殺されていた。「辻詩」に見るべきものはなく、概念化された「郷土詩」も無力に終わり、戦争に便乗しようとする程度の低い詩ばかりが徒に氾濫した」（要約）。戦時からの惰性によってのみ詩が書かれている現状を憂いながら、仲田は、新目標と詩論の欠乏、若い世代の思想の貧困、そして意欲の喪失の三点を指摘する。読めば誰もが、こんなことはもう先刻承知しているというだろう。しかし兵役を経験し、終戦の聖断が下ったとき戎衣《じゅうい》（戦闘服）の袖を濡らして泣いた人の言だからこそ傾聴しておくべきだろう。仲田はつづけて言う。

戦争を身を以て体験したのは若き世代であつた。我々若き世代は、戦争に凡ての情熱をそゝぎ、若き生命を捨てることによつて祖国を勝利に導くことが出来ると信じてゐた。我々は戦ひが詩の如くおほらかであり又悲しくも美しきものであると思つてゐた。ガダルカナル戦詩抄は実に単純であり悲しきものだつた。しかし凡てを賭けた戦ひが冷い敗戦といふ現実であらはれた時、我々若き世代は己の生きる途すら忘れ慄然と失心してしまつた。

新芽を土から伸ばそうとする「戦後詩」にとっての端緒となるべきことばの一つがここにある。「疲れた心に／冷い風車の音は／痛く／／私は汚れた戎衣をまとひ／石のやうに／暗い室内に坐してゐる」で締める創刊号の仲田の詩「夕ぐれ」をつい思い起こす。

第四号末尾には小田雅彦詩集『虹の門』、岡田芳彦詩集『闘鶏』などの新刊予告がある。時期的にたいへん早いが、敗戦以前の作を編んだものと推定できる。発行所の雙雅房は小田の住所である。

第五号（四月号）は三月一日の発行。ページをめくってみて、これまでとは多少様相が異なることに気づく。まず執筆者が半減している。詩論は小田雅彦「現代詩の位置」、麻生久「詩人を語る」、八束龍平「詩と読者」の三篇。詩作品は吉木、寺島、八束、麻生、寺田、小田、小中の七篇で、少人数になった分、長めの詩も幾篇か含まれる。編集者はこれまでどおりの三名だが、本文中に鶴岡高の文章は見当たらない。また発行者も鶴岡に替わり雙雅房の小田となった。鶴岡は現代詩から少し身を引いて演劇に力を注ぐということか。「鵬」創刊以来半年近く、ようやく他誌との交流がはじまった。末尾に復創刊詩誌が紹介されている。「近代詩苑」(品川区)、「詩風土」(京都市)、「現代詩」(新潟県広瀬)、「虎座」(本郷区)、「新詩派」(都・武蔵野)、「詩と絵」(福岡市)、「詩座」(小倉市)、「ルネサンス」(四谷区)。

第六号は五月十五日発行。この号より隔月の発行となる。表紙の誌名は「FOU」となり漢字の鵬が小さく記されている。ただし奥付はこれまでどおり「鵬」なので、本号まではこの表記を使うことにする。詩作品は桑原圭介、麻生、八束龍平、品川の四篇、あとを詩人論で占めるのが本号の特色である。山中散生、野田宇太郎、菱山修三、近藤東、北園克衛を五名の同人がそれぞれの手法で論じている。この号に至ってようやく「鵬」の個性が頭をもたげはじめたといえる。

八束龍平は「私考」で山中散生(一九〇五—七七)の詩を三期に分けているが、興味深いことに「愛国詩」の系統とみられる詩を別枠に分類しながらも、他の詩篇と同列に置いて批評している。愛国詩とする五篇は題目を見るだけでも明らかに戦争詩なのだが、これらは詩作の動機が他とは異なるとの見方から別に囲ったのだろうか。山中散生は常に感動を知性によって計算し、けっして情熱だけに身を任せることはない、と八束は見、「風景」二篇や「雷雨一過」を最も成功した作品として挙げる。しかし愛国詩については、「知性が禍して対象の現実性に捉えられすぎ、知性は安っぽい感情の仮面をつけて表れているようだ」(要約)と酷評する。「私考」の末尾には昭和十九年五月の脱稿日を記し、このノートは二年前のものだが自分の気持ちは変わっていないと付記している。一人の詩人の愛国詩や戦争詩を、除外するのではなく、それ以外の詩篇と同列に論ずる見識はここで見直されてよい。戦後半年余を過ぎて戦時の原稿を発表するからには、その意思はなお変わらないはずだ。

安西均(〇五—七七)の野田宇太郎論「愛と詩」は、野田から詩誌「抒情詩」への加入を勧められ新たに詩作をはじめたきっかけや、発刊当時の野田の仲間、ビルマに出征して生死不明の丸山豊やシンガポールで消息を絶った佐藤隆らに話を及ぼしながら、瑞々しい愛に充たされる先輩野田の詩と生活を語る。そのなかに本筋外だが、このまま読み過ごしたくない文があるので書き出しておこう。

戦争中、僕は新聞特派員として、若い特攻隊員の出撃を、身近に見送る経験を持つた。現地から帰つてきて僕は、彼らが出発したあと、宿舎の壁に残された寄書を見ると、みんな揃つて字が拙く、言葉が稚拙なものばかりだつたと同僚に語つた。僕はそれを、ある種の感動と思想をこめて語つたのだけれど、同僚は別に気にとめなかつた。

この文は、いま詩について書いていることとは何のかかわりもないようでありながら、読めばさまざまな思いが去来して止まない。戦争中、日本の詩人がすぐれた作品を残さなかった寂寥感、あるいは戦争の熄んだここ当分なおすぐれた詩は出ないだろうという絶望感も、自分の傲慢な感想のゆえではない、詩、さらに広くは文芸や芸術がジャーナリズムや政治とどうしても訣別できない宿命を背負っているからなのだ。そう安西は戦時中の錯乱を顧みる。昭和二十一年三月下旬の文章である。

品川斉の「異聞」は菱山修三（〇九―六七）への日頃の思いを、断章をつなぐように語る。菱山の戦時の詩集『豊年』（一九四二年）中の「豊年」から「豊年が環つて来た、日日にあらたな僕等の夢にゆたかな糧をおくるために。／／豊年が環つて来た、世界を治める大きな戦に充分な油を備へるために、」を引用して、俺は正味この詩集に就いては信用したくない、実はいま飢餓が押しよせて来ているではないか、修三もとうとう化けの皮を現したな――と言いたいのだが、そんなちょろい策謀には騙されない、と思い直す。そして「彼のポエヂイは、彼の荒地を横断した頃の影の総量によつて支へられてゐる。それだから彼は、裏と表の必然性も諒解してゐる」と、遅刻した男、菱山の来し方を振り返る。裏と表の必然性が何を意味するかは明らかだろう。

野田喜代治は「断想」のなかで、雑誌の創作欄で近藤東（〇四―八八）の作品が目に触れると、他の誰のものより先に読んでしまうという。それだけ説明しがたい魅力を感じている。野田は詩集『万国旗』（一九四一年七月）を取りあげ、「（この詩集の）作品はある時代には特定の国に対するものと見られたが、今読み返して見ると、「ヘルメットを冠った犬」に対する彼のサテイリカルな人生観の展開とも見られる。霊感のみに依る英雄的もしくは天才的なと考へられ勝ちな詩人の中にあつて、常に計算し発見する一つの詩人の姿を彼に見る」と簡潔に特色を述べる。愛国詩については、精神のない文字だけが踊っている作品にばかりお目にかかって、せっかく心の奥に大事にしている愛国の感情まで腐らせる思いがしていたが、近藤東の「日本刀」は「愛国詩にあり勝な内面的感慨に堕しやすい素材を外面的には把握して、新しい美を創造してゐる」と注目している。特定の詩人の戦時の愛国詩を隠蔽したり、ことさら批判の対象に取りあげることなく、その詩人の詩業の枠組みに置いて批評する姿勢は、前掲の八束龍平の考えに近く、また安西均の思いにも通じる。

「北園克衛序論　高貴な技術者」の冒頭で小田雅彦は「氏は西脇順三郎以後における、春山行夫に対する作品の実践家として、超現実主義的詩より純粋詩を通りぬけて、郷土詩を開拓し、今も時代とともに歩きつつある」と北園克衛（〇二―七八）を紹介しながら、その詩人像を包括的に捉え、まだ充分に残された詩的将来を展望しようとする。しかし行を追うごとに文章は難渋さを増し、読み手は読解に苦しむことだろう。ここでは克衛の愛国詩についての言及は見当たらず、戦時末期の郷土詩運動への貢献に再三紙幅を割いている。なお、本号末尾には詩文化雑誌と銘打つ北園克衛、岩佐東一郎編集の「近代詩苑」の広告が載っている。

改名「ＦＯＵ」第七号（七・八月合併号）は八月二十五日発行。会の名称はＦＯＵクラブとし、「北九州における若い前衛詩人の機関誌」として再出発することとなった。機関誌としていかに機能したかはその後をみるよりほかはない。敗戦からちょうど一年、時評「明日のための今日」で小田雅彦は、表面では民主的にと呼称されても日常の一挙一動は旧来のままではないかと嘆き、この一年の作品はまだ試みにすぎず、今後の詩の方向は予測し難いと考える。率直な見解に違いない。「現代詩の方向」で八束龍平もいう。「一九四五年八月に我々は解放されたといふのだらうか。夥しく其処此処で出版される詩誌をひらいて、我々は解放されたなにものかを見付け得ることができたか。答は否！である」。詩作品は盛況で、十四名が書いている。新しい顔ぶれは相田謙三、西野浩史、服部正則、江坂日佐子、野川止。十四篇は従来の抒情詩の系列と前衛を志向する傾向のものとがほぼ相半ばしている。

　戦後一年の節目に掲載されている四詩誌の広告にも目を移しておく。「ルネサンス」（長田恒雄編集、ほかに推薦委員として北園克衛、村野四郎、安藤一郎、笹沢美明、四谷区暁書房）、「現代詩」（浅井十三郎、杉浦伊作編集、新潟県北魚沼郡、詩と詩人社）、「詩と詩人」（浅井十三郎、田村昌由編集、詩と詩人社）、「九州詩人」（岡部隆助、安西均、風木雲太郎編集、福岡市碌々山房）。

　第八号（九・十月合併号）は十月五日発行で、編集者は小田雅彦である。編集の椅子が小田から五名の編集委員に渡されたと表紙2に記されているのは、次号以後の予告らしい。本号の特色はなんといっても関東の詩人たちが執筆者として参加していることである。冒頭の短文で近藤東は、「ＦＯＵ」の主力の多くは往年のシュルレアリスムの洗礼を受けた人々のようだと推察しながら、こんなことを述べている。「シユルレアリズムの重要であつた理由の一つは、それがアヴアンギヤルドであつたことによる。シユルレアリズムが常識となつた場合アヴアンギヤルド的存在性が稀薄となる。言ひかへれば、ＦＯＵが普遍すればするほどＦＯＵでなくなる」。なるほどと納得しやすい見方だが、創刊号から通読してみると、ＦＯＵがひたすらシュルレアリズムを志向していたとはみえない。八冊目に至って伝統的な抒情からほぼ抜け出て〝前衛的な〟詩がようやく大半を占めるようになった状況ではないのか。

　安藤一郎（〇七―七二）は「怒りと哀感」のなかで言う。

　終戦後、私の作品は極めて少ない。何か書き初めても、果して、これでいいのだらうか、といふ疑ひが先になつて、仲々完成することが出来ない。いまの私は、自己批判ばかり強くて、流麗な抒情性といふものから、遠く離れてゐるやうにおもはれる。（中

略）
　併し、私は、急いで作品を書く必要はない、と思つてゐる。無理をして、ただ見せるための詩をこしらへ上げるには及ばないのだ。戦争中、「こしらへもの」の詩が横行したことは、誰も知つてゐるとほりだが、元来、「こしらへもの」は、そのずつと前から、決して少なくなかつたのである。「こしらへもの」に慣れてゐる詩人——否、詩作者は、時代の風潮や大衆の趣味に応じて、巧みに意匠を更へてゆく。

　戦後一年、率直な自省である。この時期、こうした自己批判に悩み沈黙した人は少なからずいたはずだ。安藤一郎は私生活の面でも困苦のなかにあり、最も落ち込んでいた時期であるという。そんなときに地元を離れて書かせた「怒りと哀感」は貴重な一文ではなかろうか。
「作品の価値にはある程度の偶然性がある。また創作過程以前の時間に遡ると、さらに多くの偶然性があるといへよう。その偶然性を必然性のコースに接近させることに、ひとつの努力があるわけだ」という出だしで小林善雄（一九一一―二〇〇二）は「鵬」第四号の読後感を述べ、小田の作品「聞いてゐる」の技巧上の失敗を指摘する。
　詩では福田律郎（一九二二―六五）と平林敏彦が作品を寄せている。これらの作品は「ＦＯＵ」の同人に少なからぬ刺激を与えたに違いない。こうした交流を通じて小田や八束も「純粋詩」や「新詩派」に詩を発表するようになる。

焼いてゐる　　　　小田雅彦

しかけられて
意外な　衝撃から
もえあがる
じつと　押へても
吹きあげ
怒りに

全身の支えを折られ
はけぐちを失ひ

弾けては
あたりを這ふ

炎よ
どこまで　拡げれば
とどまるのか

わたしは　せかれて
からだの枠を
跳びだした

第九号（十一・十二月合併号）は十二月一日発行。第六号あたりから用紙不足などの理由で隔月刊を余儀なくされていたが、この号から二十四ページ、隔月刊を定着させることになる。編集者は岡田芳彦に替わった。実際上は岡田、品川斉、鶴野峯正、小中太道が編集委員で、岡田がその代表なのだろう。後記には「内部にもいろいろな出来事が続いたりして」とあり、また後出の八束の文章には「縷々われわれも思想が対立し編輯方針について変移があつた」とも記してあるが、この時期、むしろこうしたせめぎ合いのないほうがおかしい。この号には小田、吉木幸子の作品はなく、小田は「九州詩人」の編集者に加わっている。「虹――小田雅彦に――」と題した品川斉の詩が比喩によってなにを暗示しようとしたのか、どうも分からない。それを詮索してももはや意味はないだろう。詩の題は小田の新刊の第二詩集『虹の門』に掛けてありそうだ。

この号の八束の「一九四六年の詩人たちの仕事――夜あけの仄暗さ――」は出色の力作というべきだ。十ページを（全面ではないが）取っている。「一九四六年の詩人達の再出発はなによりもかかる戦争中の自己の行動への反省から始つた」と出だしに記す。どれほどの詩人たちがこの反省から再出発を期したのだろうか。反省からはじまるべきだ、との八束の強い期待が浮かび出てくる。「コスモス」「近代詩苑」「ルネサンス」「VOU」「新詩派」「純粋詩」「気球」、さらに北九州の「FOU」と「磁針」を取りあげ、これらの詩誌に拠る詩人の詩的傾向と今後の展開を予測する。戦後最初期一九四六年の現代詩展望としては、先にあげた杉浦伊作の「時評 昭和二十一年の明暮」[6]とともに忘れられるべきでない資料である。「昭和二十一年の明暮」が全国の詩誌と詩人の始動・再始動を万遍なく網羅しようと試みたのに対して、八束の詩的展望はむしろ全国的な視野のうちから主要とみられる詩人の集団を選び出し、その内容に立ち入っている。同じ一九四六年の詩人たちの足跡を展望しながらも、戦前からの詩人杉浦伊作と戦後に腰を据えて詩作を志した八束との視座の違いは際立っている。「一九四六年の詩人たちの仕事」は第九号冒頭の提言「批評の領土」と合わせて、この時期の八束の充実ぶりを示している。

第一〇号は一九四七年二月一日発行。編集者岡田芳彦は変わらず好調のようだ。冒頭の提言「実験的精神」も十分読ませる。「実験とゆうものは、あたらしい詩の領土を開拓するためであるが、ときには、すでに他人のたてた仮説について、みづから経験する意味で行うこともあろう」「実験的精神によつて書く。これが一九四七年のわれわれ詩人の仕事だ」。この一年、岡田の文章もずいぶん解りやすくなった。私的には次女の誕生と死というつらい出来事に直面したが、書くことによってこれを克服しようとしていたのだろう。「三つの手紙」では岡田から藤田三郎への私信、病臥中の藤田に代わる詩友の竹中久七の手紙、藤田の返信が収録され、興味がある。詩作品は十二篇。新たな書き手として仲田幸雄、江島卿介、藤吉正孝、坂本藤良、吉村英夫。寺島春子が復活している。

本筋から外れるが、「現代かなづかい」と「当用漢字」は前年の一九四六年十一月に内閣告示された。岡田の提言や後記を読むと、はや不完全ながら新しい仮名遣いに適応しようとする書きぶりがみられる。学校や報道を除く一般人としてはたいへん早い対応であり、頭の切り替えの素早い人だったことをうかがわせる。それ以前に書きあげた文章や詩作品は旧仮名のままになっている。書き換えないこともまた一つの見識ということか。その後の岡田の文章はいち早く新仮名に向かうが、岡田はむしろ例外的であり、この詩誌でも大半の旧仮名表記のなかに新仮名表記が混在する状態がつづく。引用者には細心の注意が求められる。

資料2

「詩人の戦争責任論にまみえた頃」と題した拙文（「現代詩手帖」二〇一二年五月号）中で吉本隆明「文学者の戦争責任」[7]（初出一九五六年）を要約した。その一部を以下に転載する。

「吉本隆明は、戦争責任にかかわる批評には二つの要件を前提にせよと指摘していた。その一つは、戦時の日本の詩や文学の挫折は、その方法上の欠陥と日本の社会構造の欠陥が不可分にかかわっていることの認識だった。これだけ引き出しても分かりにくいが、のちに発表された「詩人の戦争責任論」（五九）では、日本の文学の方法上の欠陥とは、戦争詩にしろ平和の詩にしろ、その時代の多数者の動向に自己の主体を解消せしめ、名分を自己に納得させようとする思考法だと述べている。「それゆえ戦争詩を自分の手法の堕落形態として書き、戦争体験に何の切実さももたず傷つきもしない。大戦時の欧米の戦争詩を支配したのは、極限状態での人間主体が耐える無類の格闘を描こうとしたことであり、それらの詩は戦争詩一般を悪とする判断をさえ拒否する。日本の戦争詩はこれとはまったく異質だ」（要約）と言う。

日本の社会構造の欠陥については、「過去に戦争詩、愛国詩を書いたにしろ、いま平和を願っている詩人の既往を咎めるべきではないという見方は庶民の感傷にすぎず、この感傷を支えているのは、社会の物質的基礎の貧弱さと日本の支配感性のもつ強い内的統制力である」（要約）と説明していた。つまり誰もが貧しい暮らしをしているのだから相身互い、小難しいことを言って波立たせることはないという日本固有の社会観念である。様々に異論があるにしても、こうして明示されると頭の整理がたやすくなる。ここに至って、「戦争の被害者でありこそすれ加担者ではない」という優位な立場で戦争詩、愛国詩を批判する私たちの世代の足場は脆くも崩れることとなった。やはり他人事ではなかったのだ。

戦争責任の批評にかかわるもう一つの要件は、戦時の体験を戦後いかに実践の問題としてきたか、つまり戦争責任をどう踏まえているかという問題だった。こちらは前者よりも分かりやすく補足は要らない。戦時体験と戦後の実践にはともに大きな個人差があり、共通の見解をまとめることは難しいが、この要件を抜きにして戦争責任を論じるわけにはいかないと即座に納得できた」

資料3

麻生久（一九一九―二〇一〇）は詩誌「沙漠」一九七号（一九九八年八月）―二一四号（二〇〇一年一月）に「考証　詩誌鵬そしてＦＯＵ」と題した回想を連載している。二一一号（〇〇年一月）に初期「鵬」の合評会の様子をうかがわせる自身の日記を引いているので、ここに転載する。

「（一九四六年一月六日）一度は新顔も見ておきたい、という気で、10時の汽車で（門司から）小倉へ向った。列車は買出しの荷物であふれて息苦しいので、機関車の炭水車に乗せてもらったが、走り出すと防空頭巾を透して風が冷たい。小倉で乗り替え黒崎で降りると、もう正午である。駅近くの友人宅に結婚祝いの七輪を届け、昼食をよばれて、電車で昭和町へ行く。鶴岡宅は清田町にあり、川沿いに歩いて探し当てた。その二階は煙草の煙でむっとしてゐた。十人余り車座に坐ってゐて、合評は終ったやうで、茶碗が転ってゐた。私も芋ゼンザイにありつけた。河童頭の岡田は「遠来の客からはゼニはもらわんよ」と言った。火鉢を抱え込んでゐる鶴野はすかさず「現在の詩に何が一番欠乏してるか、あんた何か話さんか」と私に迫る。彼とは戦前からの顔馴染みなので、耳の痛い事を電話で言って彼をしばしば怒らせてゐたのだ。「鵬の皆さんは何でメシを食ってゐるのか？　まるで生活とゆうのが感じられん。戦前のモダニズムの復活ではなく、一度自分を殺して出直す気持でないとどうにもならんのじゃないか」岡田は女のゐる火鉢の傍で、出来上って来た三号を手にしてゐたが、「ひと頃は麻生とよくやり合ったもんだ」と皆に向って言った。いまはそうでないと強調してゐるのだ。現実直視で共通の彼は「こんなのはどうかな？」と中原の作品を持ち出した。中原は戦前の北園の詩誌マダム・ブランシュに投稿した事のあるモダニストだ。「この〈府中旅〉は『蕭條』とか『芳墨』とか古臭い形容で俳画的抒情、一頃の意外性のフレッシュさなし」と答へる。と「皆はどう？」と岡田の声だが、誰の声も出ない。小田、吉木夫妻の北園克衛の亜流作品に対する彼の嫌悪感に、いささかへきえきしてゐたやうに感じられた。

帰り途は鶴野と森俊が、荒生田の電停まで従いてきた。「いつもあんな風なのか合評会は？」と私は問ふ。岡田と小田の間を鶴岡は気遣ってゐるのだとの話。そうだと私の出席は、岡田にとっては、援軍の到着だったのだ。小田の顔が見られなかった事もあって、一方通行の暗い後味が残った」

3　詩人は人間における前衛である
――「FOU」第一一号から第一七終刊号

「FOU」第一一号は一九四七年四月一日発行。詩は九篇といつもより少ないが、鶴野峯正「夕ぐれの光の中で」や今田久「懺悔録」など粒が揃っている。この号はアンケート特集で、1最近の注目すべき作品、2詩の芸術性と社会性、という二つの質問に北川冬彦、藤田三郎、田村隆一、平林敏彦、小野十三郎など十八名の詩人が答えを寄せている。次のようなことばが心に残る。

「詩人の生活の振幅をもつと社会的にひろげなければならないと思ふ。さういふ基盤のうへから生れる作品は、芸術的にすぐれてゐればゐるほど社会的価値も高くなり得る」（長田恒雄）。「戦争が招いたものはあらゆるもの、壊滅とすべてのものに対する不信の感情である。言葉への不信は詩人にとつて致命的なものである。言葉が言葉にしか繋がりを持たぬことの何といふ空虚さ」「三好豊一郎の〈囚人〉は、イメージといふあやふやなものを持たない、メタフオアなどといふ不抜けたものに頼らない、恐ろしく頑固に存在そのものに獅噛みつく詩人のあることを私に示す」「三好達治、菱山修三等々流行詩人の退屈極まる俗詩に社会的価値があるか。モダニスト達の拙悪陳腐な詩に芸術的価値があるか」（鮎川信夫）。「（最近の詩に）注目すべきものなし」「私は寧ろ戦争中も、現在も沈黙してゐる詩人に期待を持つてゐる」（竹中久七）。「社会百般を描くことは新聞にまかせたらよろしい。僕にとつて、この現実に生きようとするのは、単なる文芸上の意図によつてではないのだから」（三好豊一郎）。「芸術は信仰である。信じない者には単なる迷信であらうとも、信ずる者にとつては生涯をかけた信仰であり蟻地獄である」（中島宏）。

第一二号は七月一日発行で、岡田芳彦の冒頭のエッセイ「近代詩の確立」が関心をひく。戦時に詩人たちは何をしていたか、それは北園、村野の「新詩論」を読み返せば分かるという。敗戦直後の若い詩人が戦時の詩人や詩作品をいかに見ようとしているか、その視線の先をうかがうことができる。北園、村野の「新詩論」以後終戦までの詩的活動はもう見なくともいい、と岡田は言っている。多数の詩人の参画した日本文学報国会（久米正夫代表）編『辻詩集』（八紘社杉山書店、一九四三年十月）などは、歴史的資料としての意味はあろうが、もはや戦時の詩人の仕事とさえいえない、戦時の正気な詩業は北園、村野の「新詩論」で終わったとみている（資料4）。

「FOU」第9号（1946年12月）

第一二号の十一篇の詩作品はおしなべて隠喩を多用した前衛的な作風である。それだけに個性に乏しいともいえる。なかで中島宏の「絵」は印象深い。中島は自身の早世を予感していたのかもしれない。この号では力のこもった三篇の詩論が目立つ。今田久「近代詩の伝統について」では「詩と詩論」の時代に焦点を据えて、その前後の時期の詩の伝統と社会性とのかかわりを考察する。岡田「リアリズムの扉」は前号のアンケート「詩の芸術性と社会性」の結果を引き継ぐかたちで、詩と政治とのかかわりを論ずる。人間をすべて政治的にみる人間観こそ誤りであり、すべての人間が詩人であるとみる人間観こそが自分の夢見であるという。品川斉「覚書——サルトルの居ない実存に就いて」。ここでも文芸と政治思想の相互関係を小林秀雄の「無常といふ事」や原爆の出現にまで言い及び、多面的に考察する。

同号の「青髭」に面白いことが書いてある。「岡田芳彦の詩は、氏のモラルで綺麗すぎるほどに割切れてゐる。余りが残らないほど正確に計算されてゐるから、未知数がないといふ逆説的な意味での欠点が生じる」が、これに対して「小田雅彦の詩は、どもつてゐるところに良さがある。まどろこしさが詩に表現されると光つてゐる」。森利雄の言である。「鵬」創刊にかかわった両者はいずれ袂を分かつ運命にある、とまでは述べていない。

このところの「FOU」は編集代表者の岡田の許でますます活気を呈している。FOU叢書は既刊新刊を合わせて八冊を数え、また新たに第一回FOU作品賞を設けている。「年鑑 九州詩集」(原田種夫、東潤他編)は「FOU」と同じ燎原社からの刊行で、FOUクラブの骨折りがうかがえ、「FOU」のおおかたの会員が参加している。はるかな未来から結果論をいうのは見当違いになろうが、この時点での間口を拡げすぎた「FOU」になにかしら危うさを感じないわけにはいかない。

ほぼこの時期、「ゆうとぴあ」を引き継いで、その通巻第七号を改題した「詩学」第一号が創刊された(八月三十日発行)。このなかの「編輯者の立場」欄に「FOUの覚え書」と題して岡田が書いている。「FOU」の危うさと、たぶん自身のそれとを、岡田ははっきりと肌で感じていたに違いない。

肉体も、精神も、つまり一箇の人間をずたずたに引き裂くような強烈な嵐を予感するのが、FOUの仕事である。シユルレアリズムとプロレタリア芸術論の間に架けられた丸木橋をつくる。そして出来あがつたポエジイの橋の上に立つて途方に暮れ、ああ、誰かのように谷底に墜落するか。(中略)

FOUは一人一党である。つまり外部からの制約をできる限り拒否する。自我や社会を相手にする時間でさえ不足し勝ちであるのに。

第一三号は十月一日発行。この号から岡田芳彦が編集と発行を兼ねる。詩作品以外はほぼ全ページを「永田助太郎論」で占めている。急逝した永田助太郎(一九〇八―四七)の追悼特集である。永田は東京生まれ、二十代前半で近藤東と知り合い、「新領土」(資料5)の創刊同人となった。「詩法」「20世紀」にも詩を発表し、『辻詩集』(四三年)に「我が艨艟」という作を出している。詩業は『永田助太郎詩集』(蜘蛛出版社、七九年)に収められた。ほかに遺稿童話集(四八年）がある。この詩人と「ＦＯＵ」との人的な関連は分からないが、おそらくそういう機縁ではなく、前衛派を目指してきた「ＦＯＵ」にとって永田は一つの追うべき背中であったのだろう。永田と「20世紀」「新領土」以来の親しい関係にあった奈切哲夫（一二一―六五）がこの号の冒頭で急逝の経緯を書いている。これによると永田は五月二日に疎開先の村の村長の当選祝いにしたたかに飲酒し、その場で寝込んでついに目覚めることはなかったという。当時蔓延していたメタノール中毒であったらしい。特集には奈切のほかに、村野四郎、小林善雄、今田久、鮎川信夫、三好豊一郎、伊藤正斉、岡田がそれぞれに永田助太郎論と思い出話を綴っている。

「彼の頭脳は人間の感性の遙かな上空を輪転機のように回転し」「書きまくり過ぎたその空隙に彼の未完な面と弱さがひそんでいる」（奈切）。「彼は西暦一九三〇年頃、茅ケ崎の砂丘からはじめて近藤東によつて発見された不思議な人造宝石」「反逆的精神の若い権化であつた」（村野）。「イメエジの関連性をねらつたらしい語集を配列しただけの一種のホルマリズムに近い作品については、いまさら多くを語りたくはない」「魅惑的だつたのは、彼の縦横無尽といつた飛躍性が、実を結んできたこと」（小林）。「凶暴な彼の精神が生きもののように私の上に襲いかかつて来る」「むしろ早く忘れ去られた方がよいかも知れない。何故なら彼は、詩を書こうなどと企てると、まるで下手な詩しか書けない詩人だつたから」（鮎川）。「詩作品の成立上の約束を一切ふみにじつて書きまくつた。それが詩として書かれているから詩と認め得るのだという程度に」（三好）。「むかし〈新領土〉で一人よがりの詩を書き立てていた詩人がいたが、焼夷弾にも焼かれずにまだ生きのびていたのか」（伊藤）。「まさにノリとハサミによる張紙にみえるのだ」「都会の真ン中に坐つて、原始的扇情的な土人のリズムを聞くに似た郷愁をもたらす」（岡田）。

独善的に引き出した。思うがままの悪口雑言を浴びせているが、それぞれに哀惜の念に満ちている。永田の自由奔放な性格には、こういう物言いを許す魅力があったのだろう。永田の「空間」「時間」などの〝超前衛詩〟は、数十年後の一部の和語現代詩の難渋な前衛ぶりをすでに見通していた節がある。

追悼特集は二十三名の詩作品がモザイクのように所狭しと収まり、壮観である。しかもほとんどの作品が、かの寺島春子の作をも含めて、いずれも永田助太郎詩と張り合うかのように、きわめて前衛的である。アバンギャルドを目指してきた「ＦＯＵ」の目標はこのあたりでほぼ達せられたのではないか。未来からの目線で結果論を口走るのは無責任だが、あとはしばし現状を維持しつつ、さらに新たな目標を想定して変換を図ることになるのだろう。

第一四号は十二月一日発行。岡田の編集発行は前号と変わらず。数篇の評論と詩作品のみを載せ、落ち着いた誌面がうかがえる。大島博光（一九一〇―二〇〇六）は「シユルレアリズムの教訓」のなかで、アラゴンやエリュアールのようなシュルレアリスムの代表的詩人が結局コミュニストに転じた経緯と必然性を述べ、戦後日本の詩の前進もまた社会の前進と切り離せず、その実現は革命的な若い詩人たちの肩にかかっていると説く。このとき大島はいまだ三十代、戦前から「蝋人形」「新領土」に参加し、『フランス近代詩の方向』（山雅房、一九四一年）を出して名を知られ、若手への影響は大きかった。

「詩とクリテイシズム」の志村辰夫（一三―八九）は、最近の詩と詩論の曖昧さと混沌は基盤としての科学的客観的根拠を欠き社会に支持されない過剰な観念に原因があると指摘する。志村も「新領土」に加入し、戦後は「ＶＯＵ」に加わり、「新領土」の復刊にかかわった。もう一篇、岡田芳彦の「悪抒情詩素見」でいう悪抒情詩とは「四季」「詩風土」およびこれらに追随する詩人志望者の作る詩を指すらしい。このぼんぼん菓子の毒液はまるで阿片のように人々を麻痺させる。あるとき「日本未来派」という雑誌を手にとり金子光晴という著名な詩人の詩「かつこう」を読んでおどろいてしまった。なんとこの詩はどこを切りとってみても悪抒情詩なのだ、と。その毒液のすごさを示すために（光晴の優れた詩「冥府吟」とともに）「かつこう」の一部を岡田は引用してみせる。

この号の冒頭の「提案」では、詩人はあらゆる文学のフォルムを利用することによって文学の新領土を拡大すべきだと唱えている。「後記」で岡田は「詩人は人間における前衛である」という自分たちの主張はいまだに作品のうえに大して示されていない、と同人たちを鼓舞する。前衛という目標が一定の段階に達したことを見据え、新たな局面を拓こうとする気概がみられる。

不眠のうた　　鶴野峯正

夜をこめて荒々しく過ぎたもの
あれは一体何であらう
肉体のどこかを掘るように
無気味に窓を弾きつゞけたもの

あのおびたゞしい声は
落葉のかさなる音なのか
たえまなく地面をたゝき
しんしんと私を埋めつくすもの

ひとみも動かさずに待つた！
あゝ、それはこれなのか
ほのかに窓をあらひ
不眠の私にあやふくふれるもの

ここで一言インフレによる雑誌の定価などの変わりようにも触れておこう。第三号（一九四六年一月）の定価一円五十銭と年会費二十円は、一年後の第一〇号（四七年一月）では四円と四十八円、ほぼ二年後の第一四号（四七年十二月）では二十円と三百円となっている。

第一五号は一九四八年三月十五日発行。第一三号からの岡田芳彦編集発行は変わらず、この岡田主導のかたちは結局第一七終刊号までつづき、内容面でも岡田色をますます強めていく。詩は藤尾了徹、中島宏、伊藤正齊ら九篇、詩論は岡田、竹中久七、西岳港三、中島の四篇が収まる。竹中は「詩人の問題」のなかで、詩における民主革命の観点からすると抒情詩は短歌や俳句とともに〝揚棄〟されるべきで、文化でなく民俗にすぎず、芸術でなく芸事であるという。文化の歴史性や芸術の社会性の意味を理解できず、抒情詩を文化であり芸術であると望む詩人を竹中は抒情的散文詩人と呼んで揶揄し、朔太郎、幸次郎、達治のみならず現今の日本の既成詩人たちがそれに含まれると断じる。〝揚棄（止揚）〟は当時の若者の日常語であった。

伝統詩の抒情や朔太郎抒情詩の否定ということになると小野十三郎（一九〇三―九六）に戻らなければならないが、これを西岳は「新しき詩精神について」で見直している。日本の革命的前衛詩の恒久的な足場を十三郎が設定したと西岳は信奉し、定型文学思想の宿命的神秘主義の風潮が日本を大戦の敗北へと追いやったと言わしめる。そのうえで、現在、前衛的といわれる詩作品がすでにある類型を背負っていると警告する。敗戦日本の現代詩を含む文化芸術の民主革命の時期に「FOU」もまた避けがたく巡り合わせたということか。なお、岡田の「ムイシユキンの失踪」は詩論というよりも散文詩風の物語、中島の「地下街の意識――二十前後の詩人へ」もめずらしく観念的な散文詩のような文体である。

こうして岡田は一方では中島、竹中、西岳という思想的に同調する同人に支えられ、他方では思想にかかわりなく作品発表の場を求める詩人たちを取り込みながら、戻りきれない方向に足を踏み入れた。関連して本号からもう一つ、「詩人の共同戦線」と題する時評にも触れておいたほうがよいだろう。これによると、九州のある新聞の「一九四七年の文学界」という見出し記事では現代詩はわずかにマチネ・ポエティックの仕事だけが目立つと書いてある。ジャーナリストは詩誌を読まず、文芸雑誌でマチネ・ポエティックの習作ばかりに目を止めた結果だとみる。これに対抗すべく我々も純粋詩、荒地、新詩派、FOUで共同戦線を組織する必要がある、というのである。無記名だが岡田のほかに書き手はいないだろう。他誌からどのような反応があったかは分からない。

第一六号は一九四八年七月一日発行で、「中島宏詩抄」を特集する。岡田芳彦と藤田三郎が詩論を、そして浜田耕作、寺島春子ら九名が詩を発表している。「愚劣な存在」では岡田は詩についてほとんど触れず、「ぼくは一人の労働者にすぎない、これが一九四七年の自己革命の報告である」「人間に対する僕の愛が、ブルジョアの罪悪を憎めと命じる」と言い、労働者のなかに文学サークルを作り、かれらの内部に文学の芽を植え付けようと努めるが、案の定かれらは愚劣をぼくの前で露出すると嘆く。本号の表紙の標題のうえに「労働者たちの間で詩について語るべき時がきた」と標語をかかげている。藤田の「抒情詩というもの」では、前号までの抒情詩批判を引き継いで、今後の抒情詩は詩論的否定から作品的克服の段階に入るという。これまでの批判を克服する実作こそ必要だという意味なのだろう。

峯俊一「ここを過ぎて」は満州を舞台にした小説である。往時の若者たちは兵隊として徴募される日までを自分の人生と受けとり、〝人生二十五年〟ということばが流行したそうだ。

たそがれの手　　　　岡田芳彦

よごれた手を差しだす
手の上には
紅い唇の痕をみせながら。
やつはたちあがるために
おれの横ツ腹をふみつけた
巨きな歯車のついた靴
おれのやせた肉体をけづりとる
おお、骨だらけの肉は
スープにはならないか
ボロボロ涙を垂らし
おれは歌つてやる
ガツガツしてやがる！
ブルジョアみたいにやつは笑つて
無数の憎しみをはじきとばす
頭髪には黄昏がみえているのに

こうして岡田のイデオロギー重視の傾向はますます深刻になり、「FOU」同人のみならず、交流を深めていた関東の詩人たちともしだいに距離をおいていく。この号の「後記」は岡田ではなく中島が書いている。「相対性原理の末流たるアマルガマシヨンの価値論をもつてしても」などと難しい文体だ。最後に「FOUの新しい出発に際して諸君の作品をお待ちする」とあるからには、新規まき直しを期していたのであろうか。

第一七号は一九四八年九月一日発行。表紙の最上段に「詩はもはや無力であつてはならない」と標語を掲げながらも、「鵬／FOU」は二年十か月をもって終刊となった。この終刊号にはエッセイを田中久介（西岳港三）と中島宏が、詩作品を岡田、児玉惇、中原博、大和邦弘、境隆保、浜田耕作、田中、それに同人外から壺井繁治が、小説を鶴野峰正（峯俊一）が執筆している。創刊以来十七冊を通じての執筆同人は岡田のみであった。田中の「詩におけるレアリズムについて」は第一五、一六号とつづいたわが国の抒情詩についての評論をさらに引き継ぐかたちで、新体詩にはじまり終戦後に至る抒情詩の系列をリアリズムへの移行をみながら考察する。「レアルとは何かである。それは弁証法に基く（存在が意識を決定する）その存在であり意識である」という硬い表現も散見できるものの、総じて穏やかな論法である。

中島は「荒地ノート 1」の冒頭で、先の大戦に敗れた我々は二十年のギャップを感じながらも、第一次大戦後の西欧で発表された「荒地」に再出発のラインを求めなければならないと提言する。この未完のノートはT・S・エリオット論の序章にすぎなかったが、この先、どのような論理を中島が企てていたのか、もはや知りようがない。「我々は第二次大戦の結果に何を見たか。科学は自ら人類の為に断頭台の役目を果した」「何をしないよりも悪をなすがいい」と言う逆説的な言葉の裏にある絶望を、我々は終戦後の日本のいづこにもあるノミナリズム的虚無思想と同列に断じうるか」と「荒地」に一縷の望みを求めた中島はこのとき二十一歳、四年後には病没する。もし西欧科学技術の成果である抗生物質などの医療手段がいま少し早くこの敗戦国に届いていたならば、中島の夭逝は避けられたのではないか。そしてさらなる詩と詩論を後代に残し得たのではなかったか。中島の作品には「鵬」第四号に初登場して以来それほど多く接していないだけに、早世が惜しまれる。

さて「FOU」第一七号は未完の小説「ここを過ぎて」を最終ページに据えて、いつもの「後記」もなく終わってしまった。編集発行者岡田芳彦のことばは見当たらない。予定した終刊ではなかった。「FOU」

は多額の借財を印刷所に残していた。[3]「FOU」を閉じたあと、岡田自身はあり余る創作意欲のはけ口を何処に求めていったのだろう。十月に岡田は詩集『旅行者の目』（FOUクラブ）を刊行している。

「鵬／FOU」の唐突な終刊が、北九州という地で少なからぬ年若い詩人たちの芽を摘みとったことは心残りである。「新詩派」が「詩行動」「今日」へと転身を果たし、「荒地」詩人の抜けた「純粋詩」が「列島」などへと棲み処を移り、さらに「荒地」が「荒地詩集」へと展開していったことを見るにつけ、「鵬／FOU」もまた何らかのかたちで創刊当時の気骨を継承する場があってもよかったのではないか。

のちに「現代詩手帖」（一九五九年九月号）が「戦後15年現代詩史」特集を組んだとき、「（暗い夜明けではじまつた）現代詩が、後年戦争責任が提起されるまでほとんど戦争詩を問題にしなかつた。これは、いわば虚脱感の延長とみてよいのではないか。／既成詩人たちのそうした虚脱感をよそに、戦後の新しい詩の動きは、二十代詩人を中心に別な方向から、しかも地方の九州福岡からおこつてきた。それは「FOU」の創刊である」という小田久郎の解説につづいて、岡田芳彦が一文を寄せている。

戦後、最初のもつとも注目すべき詩誌に《FOU》は成長していつた。楠田一郎を発見し、永田助太郎の再評価を要求し、詩の芸術性と社会性についても最初に、共同討議の議題とした。《FOU》は、（略）やがて経済的にゆきづまり、一方では、やがて革命のなかでの詩人の役割について、内部に分裂を生じはじめた。あらためて《FOU》の再評価をする必要がある。《FOU》は地方で無視され、中央で認められた奇妙な詩運動だつた。

終わりに「FOU」の終刊前数号に載せられた詩誌の広告のいくつかを挙げておく。当時の詩活動の一端がうかがえる。「詩学」第一号（中島健蔵、木下常太郎、河盛好蔵他、都・中央区岩谷書店）、「新詩派」第七号（平林敏彦、柴田元男他、吉祥寺新詩派社）（以上第一四号掲載）、「荒地」第二巻一号（三好豊一郎、鮎川信夫、中桐雅夫、

岡田芳彦他、都・中央区東京書店)、「NOTOS」第二冊(桑原圭介、江馬郷助、小田雅彦、他に「鵬」関連では今田久、吉木幸子、寺島春子、下関市アテネ書房)(第一五号掲載)、「女神」創刊号(永瀬清子、内山登美子他、横須賀市女神詩人クラブ)(第一六号掲載)、「Pioneer」創刊号(藤田三郎、東潤、大島博光、岡田芳彦、中島宏他、福岡県三池郡ピオネ詩社)(第一七号掲載)。

資料4

岡田芳彦「近代詩の確立」(「FOU」第一二号)中の詩誌「新詩論」にかかわる部分を以下に転載する。

「戦争中に詩人たちは何をしていたか。いかなる作品活動をなしたかは、いつまでも今後の批評家にとつて問題とすべきにちがいない。あの季節こそ政治が完全に芸術を屈服させ、芸術を政治の宣伝道具としてのみ思うままに酷使した歴史をのこした。この歴史的現実の秘密を解剖し、芸術の必然性と偶然性のノート、この仕事を現代の詩人は期待しているにちがいない。彼らは何をしてきたか。北園克衛、村野四郎の「新詩論」をよみ返せばわかる。ここで、かつてVOUや新領土の前衛詩人たちが書きのこした幾つかの作品とエッセイ。北園克衛の郷土詩論の功罪、その仕事を今日ひとつの伝統として継承すべきであるか、を僕らは考えてみたこともある。それは確かに一つのプラスであつた。但し前衛運動としてのそれではなく日本の万葉集から続いている伝統に対するプラス、日本的リリシズムへのプラスにすぎなかつた。詩人の思想は故意に睡り続けた」

詩誌「新詩論」は、先行する吉田一穂編輯の「新詩論」(アトリエ社、一九三二・一〇—三三・八)と区別して、「北園、村野の新詩論」と口称される。モダニズム系の詩誌「新領土」の村野四郎と「VOU」の北園克衛が刊行、共同編集した(アオイ書房、四二・六—四三・一一)。「新領土」の号数を引継いだため実際上の一号が五七号となり、戦争の激化により七七号で廃刊となった。「大東亜戦争下の国策を是としつつ、隆盛する愛国詩・国民詩にも詩の純粋性は必要であると主張した」(黒坂みちる)[8]。同人として安西冬衛、春山行夫、長田恒雄、小林善雄、笹沢美明、岡崎清一郎、安藤一郎、山中散生、城左門、上田保、木下常太郎、黒田三郎、木原孝一、秋谷豊ら。

資料5

月刊詩誌「新領土」は一九三七年五月―四一年五月に東京・アオイ書房から四六冊が発行された。右傾化する言論統制の時代の許でぎりぎりまで詩の純粋性を保ち、昭和初期の詩運動と戦後詩をつなぐ役割を果たした。「萩原朔太郎の抒情詩の否定と国際主義を共有し」「日中戦争下の言論統制を背景に営まれた戦前最後のモダニズム詩誌。戦後の現代詩は、これを批判的に継承するところから始まった」（中井晨[8]）。当初の編集・発行者は上田保、編集同人は春山行夫、村野四郎、近藤東。同人には「詩と詩論」（二八・九―三一・一二）を継いだ「詩法」（三四・八―三五・九、全十三冊）のモダニズム系の詩人、村野、春山、近藤、安西冬衛、上田修に加え、「詩と詩論」から距離をおいた「20世紀」（三四・一二―三六・一二、全九冊）から饒《じょう》正太郎、小林善雄、酒井正平、桑原圭介らが合流、ほかに永田助太郎、江間章子、大島博光、丸山豊、岡田芳彦、河邨文一郎らが参加した。また三八年に加わった鮎川信夫に続き、田村隆一、三好豊一郎、中桐雅夫という戦後の荒地派につながる新鋭の詩人の参加をみた。欧米の詩と詩論の紹介翻訳にもつとめている。誌名はイギリスの新興詩誌「ニュー・カントリー」から得たといわれる。「同人雑誌でも商売雑誌でも（なく、）前者の純粋性と後者の積極性を」と編集後記にある。終刊号の編集者は小林善雄。終刊直前に『新領土詩集』（山雅房、四一・四）を出した。

最も長く編集・発行者をつとめた上田保（一九〇六―七三）は山口県生まれ、三〇年「前衛」を創刊、「詩と詩論」「詩学」「詩法」にもかかわった。「新領土」ではT・S・エリオット「荒地」の訳詩を発表したほか、M・ロバーツ、S・スペンダーらニュー・カントリー派の詩と思想を紹介した。『現代ヨーロッパ文学の系譜』（宝文館、五七年）などの著作がある。

4　北九州に足跡を標した詩人たち
――「鵬／ＦＯＵ」同人の出自と横顔

「鵬／ＦＯＵ」は、すでに引用した岡田芳彦の創刊号「後書」や鶴岡高の第四号「後書」でいうように、詩的友誼によって大同団結して生まれた詩誌であり、特定の主義主張を掲げるエコール運動ではなかった。北九州の若い詩人という場所と世代が緩く結びつけたに過ぎなかった。ここで「鵬」の編集者たちが北九州というときには、他地域の人々が思い浮かべるような大きく数県を含む九州島北部を指すわけでなく、もっと限られた北九州工業地帯に重なる現在の北九州市やその周辺の地域を想定している。

終戦の年の秋またはそれに先立ち、北九州の若手の詩人たちが集まって「鵬」創刊を目指した。これらの詩人たちは、いったいどのような詩的な履歴や志向を持つ人たちだったのだろうか。創刊号の目次を眺めていても分からない発刊までの経緯は、創刊同人やそれに近い詩人たちのそれまでの動向をうかがい知ることで、ある程度見えてくるのではないか。それは詩人たちへの人間的興味に加えて、個々の作品の理解を深めることにもつながりそうだ。

詩人たちの「鵬」以前の活動を概観するには第二期「九州文学」が拠り処の一つになる。この月刊誌は福岡県内の同人誌「九州芸術」「文学会議」「とらんしつと」「九州文学」（第一次、全八冊）が合同して一九三八年九月に発刊され、一九四九年十月までに一一六冊を出した。詩誌「とらんしつと」などから原田種夫、劉寒吉、岩下俊作らが多数参加したことから、「九州文学」には小説、評論とともに現代詩が多く掲載されている。福岡県立図書館や北九州市立図書館で総目録を参照できる。現在は第七期「九州文学」（福岡県中間市）を季刊同人誌として刊行中である。

以下に「鵬／ＦＯＵ」創刊後の早い時期に参加したおもな詩人たちの横顔を記す。具体的には「鵬／ＦＯＵ」参加前の詩作活動をさぐることになるが、それは戦時を経過するだけに不明の事柄が多く、まとまりのわるい記述になりそうである。関係者の指摘によって改訂や補足ができることを望んでいる。

「FOU 通信」第 4 号（1947 年 4 月）

〈小田雅彦〉は一九一八年九月福岡県築上郡椎田町（現・築上町）の生まれ。「鵬／ＦＯＵ」創刊時の有力同人で編集者を務めたが、第九号から吉木幸子らとともに退いた。十代には東潤の「亜刺朱《あししゅ》」に入り詩法を学んでいる。「九州文学」四四年六、十一月号に詩が掲載されており、この時期から詩作力が認められつつあった。戦時から終戦直後にかけて出た冊子「麦通信」（北園克衛編集発行、12章参照）には岡田芳彦、吉木らと共に数篇の短い詩を発表している。小田は戦後も第五期「九州文学」に詩、評論などを多く発表する。吉木とともに「鵬／ＦＯＵ」を退いた後は「NOTOS」（下関市アテネ書房）を編集し、これには吉木、寺島春子、桑原圭介、江馬郷助、今田久らが加わった。また四六年十月創刊の「九州詩人」（貞島米親編集、福岡碌々山房）に安西均らと編集委員に加わり、東潤や桑原も参加している（貞島米親は長崎の詩人風木雲太郎の本名）。五一年には「火」（丸山豊編、久留米）にも名を連ねた。戦後は火野葦平の若松宅の秘書（東京の秘書は小堺昭三）をも務めた。詩集に『昔の絵』（国民詩叢書、北九州詩人協会、四三年）、『虹の門』（小倉・燎原社、四六）、『小田雅彦詩集』（小壺天書房、五九）など。九〇年四月没。（資料6）

〈岡田芳彦〉（筆名・八東龍平）は一九二一年一月旧八幡市生まれ。「鵬／ＦＯＵ」創刊時の編集者の一人で、後半から終刊まで編集発行に携わった。旧制八幡中を卒業して八幡製鉄所に勤めた。中三の頃から詩作を試み、「若草」「蝋人形」「文芸汎論」などに投稿、三七年に村山太一らと詩誌「クラリオン」を出した。東潤創刊の「亜刺朱」にも加わった。四〇年には「新領土」に拠り、同人となる。戦後は詩誌「鵬／F

ＯＵ」のほか、出海渓也《いずみけいや》の「詩郷」「芸術前衛」にかかわった。また品川斉とともに「龍区」（八幡）に作品を発表している。「鵬／ＦＯＵ」刊行に伴い関東の詩人とも積極的に交流を深め、「新詩派」「荒地」「純粋詩」などに作品を寄せた。詩集に『海へつづく道』（国民詩叢書、小倉・北九州詩人協会、四三年）。戦後は自治労の福岡県委員長をつとめ、北九州市役所に勤務した。戦後の詩集に『日曜時計』（ＦＯＵクラブ、四七年）、『旅行者の目』（同、四八）、『お祭りの広場にて』（私家版、五一）など。九一年四月没。（資料6）

〈鶴岡高〉は一九二〇年一月旧八幡市生まれ。「鵬／ＦＯＵ」創刊に参加し、当時は編集発行者だったが、活動の主舞台はしだいに詩作から演劇に移った。「鵬」での作品発表は第五号までで、発行者も小田に譲っている。「（小田、岡田という）両雄並び立たずでは困るので、接着剤として鶴岡高を（「鵬」創刊号の）代表とした」とは麻生久の記述である（「沙漠」第一九七号）。鶴岡は戦時の「九州文学」に詩三篇を出している（四三年八、九月号、四四年十一月号）。四五年十月の旧八幡市での劇団「青春座」の旗揚げに参加し、六四年まで劇団代表を務め、八七年まで劇作家、演出家、舞台美術家として活動した。鶴岡原作・脚本の上演も数多い。また劇団テアトル博多の演出も担当した。二〇〇八年八月没。「青春座」は地域に密着した演劇活動をつづける日本初のアマチュア劇団として知られ、現在も北九州市を拠点に活動を継続している（代表・井生定巳）。（資料7）

〈麻生久〉は一九一九年三月大分市生まれ。県立大分工業学校機械科を卒業し、旧八幡市の安川電機製作所に勤めた。四〇年に詩誌「裸群像」を創刊。翌年「朱幃」（京都）同人。四三年、統合詩誌「岸壁」の同人。四五年、「鵬／ＦＯＵ」創刊に参加し、第一四号までの二年間所属したが、「二人の彦の角遂に嫌気」が差し、「磁針」（四六・四―四七・八に全七冊を発行）を創刊して軸足を移した。麻生は第五期「九州文学」にも多数の詩を発表している。「沙漠」には第五号（五三年四月）から参加して、後に主宰者となり、九九年に退くまで沙漠詩人集団代表を務めた。生活面では七四年に安川電機を定年となり、行橋市で機械設計事務所を営んだ。第一詩集『生きる日に』（青巧社、五〇年）のほかに『濁流』（九州光文社、五四）『売りに出された雲』（北九州・沙漠詩人集団、八一）『時とたたかう』（同、八四）『迷走』（同、八八）、『風紋』（同、九三）など詩集、詩画集多数。二〇一〇年十一月没。
（資料6）

〈吉木幸子〉は一九一八年二月福岡市生まれ。旧制八幡高女を卒業して、逓信省電話局、日本生命小倉支社に勤めた。学生時代から詩作を始め、「蝋人形」「VOU」「新詩論」「麦通信」などに寄稿。四四年小田雅彦と結婚。戦時の詩集に『柊花』（国民詩叢書、北九州詩人協会、四三年）。「九州文学」には四四年七月号に詩「舞」が載る。戦後は「鵬／FOU」のほか「VOU」（第二次）「火の会」「BOHEMIAN　CLUB」などに所属。五〇年には詩誌「署名」を編集し、小田、桑原圭介らが参加した。晩年の二〇〇三年—〇五年には「帆翔」（岩井昭児主宰、小平市）に新作七篇を寄稿した。戦後の詩集・著作に『天使錯乱』（青巧社、一九五〇年）、『風と寓話と』（立風書房、八四）、『幕末閨秀　原采蘋の生涯と詩』（甘木市教育委員会、九三）など。遺稿集に『わが大正の忘れな草／旅素描』（コールサック社、二〇一四）と『風にそよぐ』（BOOK工房、一五）がある。二〇一一年十二月没。

〈寺島春子〉は当初から「鵬／FOU」に味わい深い抒情詩を発表したが、詩人としての横顔はほとんど知られていない。戦後は「鵬／FOU」のほかに、小田雅彦ら編集の「NOTOS」に作品を発表し、また「詩と絵」第一集（東潤編、福岡九州書房、一九四七年二月）にも詩を出している。この集には火野葦平、劉寒吉、安西均、北園克衛、近藤東らのほか「鵬／FOU」からは小田、八束龍平、吉木も参加した。

〈東潤《ひがしじゅん》〉は一九〇二年十二月山口県旧大島郡生まれ。「鵬／FOU」には第二号から参加した。初期の同人のなかでは例外的に年齢の高い異色の存在だった。就職して門司に在住し、三〇年から三二年にかけて「エロ塔」「彼氏」「上層建築」などのモダニズム色の強い個人詩誌を発行、小倉に移ってからは汎芸術家協会を組織して機関誌「亜刺朱」を発刊、三六年までつづいた。第一詩集『あどばるうん』（汎芸術家協会）を三五年に刊行した。そのころ北園克衛を知り第一次「VOU」に参加。「新領土」や「文芸汎論」にも詩を発表。四一年には北九州詩人協会を結成し、火野葦平が会長の北九州文化連盟に加わった。戦後は「鵬／ＦＯＵ」のほか、雑誌「詩と絵」を原田種夫と刊行した（四七）。第二期「九州文学」には四一年十月から戦後にかけて詩や評論を精力的に発表、また「文芸汎論」にも詩を出した。『辻詩集』（日本文学報国会編、八紘社杉山書店、四三・八）にも原田種夫や劉寒吉とともに作品を出している。詩集はほかに『霞の海綿』（書物展望社、三九年）、『硝子の自治領』（東京・アオイ書房、四〇）、『土語』（九州書房、四六）、『円錐花序』（ヴィラ書房、六〇）、『抒情あり』（同、六二）、『深層面接』（梓書院、七六）など。七七年十一月没。

〈西田春作《はるさく》〉は一九一七年三月、久留米市生まれ。「鵬／ＦＯＵ」には第二号から参加した。昭和初期から「蝋人形」「若草」「文芸汎論」などに詩を投稿し、佐藤惣之助に師事、岩佐東一郎らを知った。ほかに三九年から四六年に詩誌「ALMEE」同人。四一年、野田宇太郎の序文を付して詩集『春卵』（書物展望社）を上梓した。この年、小倉を拠点に森道之輔らと詩誌「祝祭」、「詩座」を創刊したが、翌年に応召。戦後は「柵」（四六年創刊、福知山市）や「揺籠」（四八年創刊、佐賀県基山町）にも詩を発表した。戦後の詩集に『生あり死あり蝸牛は歩む』（大阪府・詩画工房、八七年）、『海のほおづき』（福岡・葦書房、八九）、『夏の火歌』（詩画工房、八九）、『青いみちしるべ』（同、九三）。九八年十二月没。職場（九州電力）の同僚、黒田達也に追悼文「西田春作・その詩人像——逝去を悼んで」（「柵」九九年一月）がある。

〈中島宏〉は一九二七年四月福岡県瀬高町（現みやま市瀬高町）生まれ。旧制三池中から旧制佐賀高に進んだ。四六年二月に艸岬らと謄写版刷りの詩誌「詩想」を創刊、同年十月までに九冊を出した。この詩誌には黒田達也も第五号から参加している。戦時の学徒動員の過労がたたり胸部を病んで佐賀高を休学。「鵬／ＦＯＵ」には第四号から終刊まで詩と詩論を精力的に発表した。ほかに、ともに出海渓也編集の「詩郷」（四七年九月創刊）、「ピオネ」（四八年三月〜六月に全三冊）にも作品を発表している。「鵬／ＦＯＵ」終刊後は五〇年に仲間とともに「二十世紀クラブ」をつくり詩誌「詩精神」を発行。小学校教員の傍ら詩活動をつづけたが、闘病生活を余儀なくされ、五三年三月に二十五歳で他界。詩集を遺さなかった。

〈桑原圭介〉は一九一三年十二月下関市の生まれ。早大商学部学生の頃「MADAME BLANCHE」（北園克衛、岩本修蔵により三二年五月創刊、三四年八月終刊）に入り、ついで「二〇世紀」「新領土」のモダニズム詩運動に参加した。久留米連隊入営時に唯一の詩集『悲しき都邑』（「糧」発行所、三六年十二月）を刊行して親友に贈ったという。戦後は「NOTOS」（アテネ書房、四七・一〇）、「主題」（六〇）を創刊した。「九州文学」には四二年七月以後二十年にわたり多数の詩を発表している。同誌の同人中の詩人が集まり創刊した「九州詩人」（四六・一〇創刊）にも加わった。この詩誌には編集委員に安西均、小田雅彦らが加わり、東潤も参加している。五一年には「火」（丸山豊編、久留米）に小田らと名を連ねた。六二年十二月には「悲しき都邑」と題した詩画展を下関市内で催している。七〇年七月、詩誌「遠近法」を創刊。晩年まで弛まず詩活動をつづけた。八一年一月病没。

以上に加えて幾人かの北九州の詩人たちが「鵬／FOU」にかかわっている。「若草」（第一次、宝文社、一九二五―四四）が全国的な展開をみせるなかで、北九州からは詩誌「祝祭」が出ているが、その同人として、のちに「鵬」に参加する安高圭之助、西田春作、森道之輔、小中太道、品川斉、野田喜代治が顔を見せている。[3]「祝祭」は一九四一年までつづいた。品川は「詩宝」（目黒区）同人でもあった。また岩佐東一郎・城左門編集の全国誌「文芸汎論」（文芸汎論社、三一―四四）には難関といわれた選考を経て西田、森、東潤ら北九州の詩人の作品が多く掲載され、関東の詩壇とのつながりを強めていった。こうした広い視野から育まれた地域の詩人たちの連帯感は、戦後の「鵬」誕生にとってだいじな要素になった。

「鵬」の初期同人たちの詩歴を振り返ってみてまず気づくことは、東潤などの例外はあるにしても、多くは終戦時に二十代前半であったという事実である。小田、岡田のようにすでに中学時に詩作をはじめた人も少なくなかった。二十歳前後の気力と実行力が最も上向きになる時期に戦争という最悪の人災に見舞われたことは、まことに不幸であったといわなければならない。戦争末期にも詩作をつづけた人もいたであろうし、筆を折っていた人もいるだろう。この時期（一九四三年以後終戦まで）に機会を与えられて詩集を出版した人もあり、また国民詩、愛国詩を言論統制下の雑誌に発表した人もいる。二十代半ばを前にした多様な詩人たちが終戦を期し、満を持して「鵬」創刊に向き合った。思いを同じくする数人の人が集まれば、そこから派生して二十数人の詩人に働きかけることは、それほど日数をかけずにできたと思われる。それには前述のように戦時に「通信」を配布したという実績に加えて（資料6）、全国的な視野のなかでの北九州という一地域の目に見えない求心力も、見過ごせない役割を果たした。終戦直後の社会の混乱のなかで用紙や印刷所などを確保する手立てもまた、連携なくして凌ぎ得なかったはずである。

　最後に、岡田芳彦作の小田雅彦追悼詩「死んだら神様よ」（「現代詩手帖」九〇年八月号）から終わりの部分を転載する。これから一年ほど間をおいて岡田も他界した。

小田雅彦は　詩を書いた、
かれは　小説家火野葦平の秘書となった
そこから　彼の不幸が始まった、
九州文学の首領《ドン》葦平の悲しみ、喜びを
かれは道化師のように背負って生きた。
昭和三十五年、葦平は
二つの遺書を書き残して　自殺した、
小田雅彦の不幸はさらに重くなる、
ヘルスメモの秘密と
ロシア料理店の夢と
収入のないのに　あるような顔をして
古本屋を開店したり
「九州の味」という雑誌を企画したり
その　すべてが借金となった。

小田雅彦は　死んだ、
一九九〇年四月十二日
病名は　心筋梗塞、
もう　小田雅彦のいささか吃《ども》る奇妙な

ポエジイに
逢う喜びは　ない、合掌。

右の詩の内容が小田の側からみてどこまで事実かは詳らかでないが、小田への作者の飾らない心情が表れている。岡田は「沙漠」第一五一号にも小田追悼文を寄せた。小田と岡田は、気風の違いから「鵬／FOU」での角逐が強調されがちだが、詩人としては最後まで互いに忘れがたく、深くつながっていた。詩誌「沙漠」には後年の両者の回想文が残されている（資料6）。

資料6

「沙漠」第一二〇号（一九八五年四月）掲載の「証言　戦後詩誌の第一発　FOUの時代」と題した小田雅彦のエッセイには、後の「鵬／FOU」同人を含む北九州の詩人たちの戦時とその前後の動向が断章的ながら生き生きと記されている。「通信」（1章参照）についての記述もあり興味をひかれる。以下に部分引用する。

「（一九三九年の頃）北九州には、「VOU」クラブの東潤・中原博。「新領土」同人の荒木凌・藤田渉・宮崎幽。そして下関に桑原圭介。別に、黒田従節・松本岩・入江武彦・わたし小田雅彦がいて、新しい詩を書くグループをつくっていた。

翌十五年の半ば、「京大俳句事件」「神戸詩人事件」が起こる。小倉警察署の特高でもブラック・リストをつくって調べていたことが分った。「三次椎の木」同人だった山中富美子が、ペンを折ったのは、この頃か。「新領土」の岡田芳彦、続いて鶴野峯正が満州からかえってきた。秋深まるとき、「九州文学」同人に、文化団体をつくろうと誘われた。身辺が危険なとき、すぐさま賛意を現わした。それぞれジャンル別に、組織化。それら代表は集まって、論議。北九州文化連盟と名乗った。

十六年三月末、発会式を挙げた。火野葦平は、兵隊三部作の発表後で、彼の名まえの影にかくれ、圧力を避けた。助かったのである。「文芸汎論」「若草」「蠟人形」などへ詩その他を投稿する若い連中がいた。安高圭之助・小中太道・中嶋茂・香崎市之助。旧制八幡中学出身の柏木滋・森利雄・仲田幸雄。松原菫夫。それに女性を何人か入れてよい。／「ル・パル」の同人・品川斉も忘れられぬ。このときから、お互いに、投稿をやめた」

「十二月八日、真珠湾攻撃のあとだが、それぞれは、召集を受け、戦地に散った。残った岡田芳彦や鶴野峯正たちは、所属部隊名入りの便りを集め、「通信」を出しはじめた。詩作品も載せた。それぞれに送った。／十八年、戦争中でありながら、岡田芳彦・柏木滋・吉木幸子・わたし小田雅彦の四冊の詩集を出版。なかでも、驚いたのは、松原菫夫の仕事だ。彼は八幡製鉄所に勤めていたとき、ちょっとしたはずみで、文鎮を、爪先に落した。それがもとで突発性脱疽にかかってしまった。二度にわたる手術後、十九年の初め、ベッドのうえから、昇天。彼は十数篇の詩を残した」

「敗戦後、黒田従節と松本岩、そして柏木滋の戦死を。加えて、荒木淩の疎開先での窮死を知った。苛酷な状況下で過ごした彼らの死は、生き残った者にも、何らかの影を刻み込んだ。／帰ってきた仲間うちで、詩の雑誌を出そうという話が決まった。想像のうえの大魚・鯤が、水中を離れて、大鳥・鵬となる。その遠大な夢にたくして、題に、鵬を選んだ」（注・「鯤」は北園克衛の詩集（一九三六年刊）名でもある。）

右の小田の文を受けてか、岡田芳彦も「沙漠」第一二一号に「幻の「FOU」についての誤解・正解」を寄せて自身の記憶をたどっている。岡田は「FOU」の終刊には編集責任者の立場でかかわった。以下に関連部分を引用する。

「(「FOU」発刊の）土壌は、大東亜戦争末期、詩を書く友人を戦地に送ったあと、北九州に残る数人の詩人たちが印刷し続けるワラ半紙一枚の「通信」であった。戦地から送られてくる兵隊たちにハガキ文、内地からの短い返信、ある時は数人が女のペンネームを使って、架空の女流詩人特集をしたこともある。／敗戦、焼土の故郷——やがて、一人ひとり帰還してきた、死んだ友の白骨は残したまま。一人ひとりが帰還するたび、あやしげなアルコール酒宴をひらき、詩の雑誌創刊の夢がふくらみ始めた」

「「FOU」6号あたりから印刷所への支払い停滞などひどく月刊体制への遅刻が始まっていた。燎原社の入江武彦さんの肩入れもあったが遅刻はひどくなるばかり……。若い編集陣は四ヶ月で退陣。「FOU」10号（昭和22年2月）から岡田芳彦の個人編集となる、しかし用紙事情と財政事情は悪化するばかり。17号（昭和23年9月）頃には借財で北九州の印刷所から追い出され、大牟田の出海渓也（詩誌ビオネ主宰）に印刷を依頼する状態」「多くの借財を残して

ＦＯＵ・ビオネは合併「芸術前衛」創刊号となる。そして、「芸術前衛」編集の実権は東京の田中久介、出海渓也に移譲して、北九州の地方詩誌としての「ＦＯＵ」は、ホォと消えた……」

「鵬／ＦＯＵ」創刊同人の麻生久は同誌同人たちの消息の一部を次のように回想している（「沙漠」第二一四号（二〇〇一・一）。

「「ビオネ」と「ＦＯＵ」の合併、即ち「芸術前衛」の旗上げである。出海渓也が編集人、発行人が岡田のコンビ、その創刊号は翌１９４９（昭和24）年2月発行された。その号でＦＯＵからは伴走者が三名程いたが、直系は余り書かない森利雄だけである。同誌は三号でつぶれたが、岡田と森利雄に対し、出海・中島宏等との路線の違いが表面化したのだ。後出海が関根弘と組んだ「列島」にも岡田の名はない。彼はマル共の「新日文」にいき「列島」の「革命の詩と詩の革命」に対し、前者に軸足を移したのだった。

置き去りを食った有力同人の鶴野峯正、品川斉、小中太道等は、数年後それぞれ上京、文筆で食う事になった。途中で離別した小田・吉木夫妻は〈ノトス〉ついで〈署名〉と詩誌を出す。そして東潤の口入れで、火野葦平の留守居秘書となり、先生の死後は遺志を体して、味の雑誌を出すが、採算とれず北九州を去る。一方岡田芳彦は、自治労福岡県委員長となり、五市合併後の北九州市で観光課長となったと聞く。（中略）小田が１９９０年七一才、岡田が１９９１年七〇才で死去。鶴野、品川も亡く、生存を確認できるのは、いま中島茂、吉木幸子だけである」

資料7

「西日本新聞」の連載「焼け野原から　劇団青春座の６０年」（二〇〇五・一〇・一）には「鵬」創刊と劇団青春座創立との関連についての鶴岡高（当時八十五歳、福岡在住）自身の談話にもとづく記事が載っている（井生定巳氏提供）。

一九四五年十月一日発足の青春座の初代代表・鶴岡は「戦争が終わって、思想的な抑圧からは解放されたが、悶々とくすぶる胸の内を処理できなかった。何かを求めていた」と述懐しながら、創立当時の青春座の中核は八幡を拠点に活動した詩人たちであり、同人詩誌「鵬」の創刊準備が一段落し、そのメンバーが八幡の鶴岡宅に集まった、と語っている。「もっと、市民に訴えかけられるものがあるんじゃないか」誰ともなく口にしたことばに「じゃあ芝居にするか」と鶴岡は応えたという。鶴岡自身の談話にもとづくだけに、信頼性が高い。

5　焦土を割って芽吹いた関東の同人誌
――「新詩派」創刊から第三集

一九四五年十一月の「鵬」創刊後、それを追うように翌春新たに出た詩誌はおもなものだけでも一月の「近代詩苑」（東京）、「新詩人」（長野）、「詩風土」（京都）、二月の「現代詩」（新潟）、「国鉄詩人」（東京）、三月の「新詩派」（東京）、「純粋詩」（千葉）、「南海詩人」（高知）、「詩座」（同）、四月の「コスモス」（東京）、「女性詩」（同）とつづく。これらのうち同人詩誌としての性格を最もよく備え、しかも戦前戦中の詩誌や詩人たちとのつながりの少ない若手中心の詩誌としては、北九州の「鵬」に対して「新詩派」と「純粋詩」が関東の戦後同人詩誌の先駆けとしてふさわしい。（ここに列記した詩誌のうち、「新詩人」については既刊書[9]があり、また、「現代詩」と復刊の「詩と詩人」（新潟）については「北方文学」連載の鈴木良一の論考、「南海詩人」と「詩座」に関しては猪野睦の解説が「花粉帯」「土佐史談」にある。）

「新詩派」創刊号は一九四六年三月十日に発行された。表紙の上部に大きく赤色で誌名を記してある。A5判二十八ページは当時の同人詩誌としては異例のページ数で、しっかりした活字で組まれていて発刊への意気込みが感じられる。奥付などをもとに体裁を概観してみる。

編集者代表は平林敏彦（都下吉祥寺）、編集担当者は吉田善彦（横浜）、園部亮（同）、柴田元男（品川区）の三名。新詩派社は平林の住所におかれている。平林の回顧[2]によると、創刊はあらかじめ三月と決め、まず印刷所が前年のうちに定まった。その経営者の井上村蔵は横浜の歌人で、平林が十代のころに加わっていた結社「花實」の有力同人であったという。「新詩派」が平林の生地横浜とその周辺を基盤にしていたことが分かる。四名の編集者のほかに瀬木次郎、川口魚彦、神保肇、平松一馬らが参加し、さらに笹沢美明、佐川英三、小田雅彦、秋谷豊、福田律郎、扇谷義男、富塚漢作（中島可一郎）らが詩を寄せ、計二十篇の詩作品が収まる。加えて近藤東、貝山豪、吉田、柴田、園部、平林が評論を書いている。編集担当者のうち吉田は「純粋詩」の創刊にも加わっている。

「新詩派」三月創刊号（1946年3月）

園部は平林とはY校（横浜商業）の同級生、しかし二十代半ばで早世した。その園部が同人にと柴田（一九二三—六二）を連れてきた。平林には詩誌「詩と詩人」に愛国詩もどきの作を出していた柴田に記憶があったという。柴田は東京生まれで、以来、平林とは後出の「詩行動」まで活動を共にする。もう一人の編集同人の吉田は、当時神奈川新聞の記者になった平林にとって先輩記者であり、やはりかつての「日本詩壇」投稿仲間として名を覚えていた。いずれも二十代のはじめであった。

平林は「新詩派」創刊について次のように述べている。(2)

ぼくは戦後に詩誌を出す意味を考えつづけていた。第二次世界大戦の終結、軍国日本の潰滅によって文学の状況はどう変わるのか。暗い閉塞感を超克してぼくらの世代がきりひらくべき新詩精神《レスプリ・ヌーボオ》はどこにあるのか。無名であることの可能性を示唆するものとして、ぼくが予定していた詩誌のタイトルは単純に「新詩派」であった。かつての「新領土」がヒントといわれたくないが、「まあ、いいか。問題は中身だもんな」と吉田や園部も賛成してくれた。創刊は来年の春と目標を決めたが、土台を固めるのが先だった。

「新詩派」発刊に先立ち、先行詩人を含めるかどうかが編集者の間で議論の的となった。結局、若手詩人の原稿だけで創刊号を出すことには踏み切れず、戦前世代の詩人たち、笹沢美明、佐川英三らに寄稿を求め、評論は「新領土」の中枢にいた近藤東（一九〇四―八八）に書いてもらうことになった。近藤は戦時中から横浜に移り住んでいた。平林は近藤を訪ねて、神奈川新聞に載せる年頭の随想とともに「新詩派」への評論を依頼した。創刊号の目次下の巻頭言に「新詩派は前衛的新人作品を以てその核心とし、新人みづからの手による公器的詩誌としての使命を持つ」「会員の総意を誌の性格に恰く反映せしめつゝ独善を排し、進歩的既成詩人との協力的連繫を保つ」と創刊の意図を明らかにしている。この趣旨は末尾の編集後記にも補足してあるが、表現に刺激的なところがなく、「鵬」創刊の巻頭言とは対照的である。

巻頭の評論、近藤東の「今日の詩人」がまず注目される。「われわれは、未だ芸術をあまりに芸術的に取り扱ひすぎてゐる。却つて非芸術的と考へられてゐた世界に新らしい傾向を見出すべきであらう。われわれが、野卑であるが故に・甘美であるが故に・実用的であるが故に・機械の媒介であるが故に・商業的であるが故に、非芸術的であるとした世界に拠点を設けて見る必要がある」という一節によって近藤の言いたいことは明快なのだが、さらに具体例を挙げて、「試みにアメリカの文化財をべつ見すると、多くのアメリカ人が傾向するものは、常識・性能のよい機械・ジヤズ・筋のある小説・映画・商業美術等々であるが、何れも従来の芸術的なるカテゴリイには入らない。しかも、これらから感受される、感覚的な甘美さは何であらうか。（略）それが、今日の詩なのである」と強調する。この詩人の現実的で柔軟な思想がよく表れている。「今日の詩人は従来の芸術の規範に囚われることなく自らの感覚を信じ、生きた眼前の芸術を創造すべきだ。過去に非芸術とされたもののなかから、新しい詩を拡大してみせよ」（要約）と、いままさに戦後詩の出発点に立とうとする若い詩人たちを鼓舞する。

「民主文学への道」で貝山は、帝国主義の暴力政治の干渉によって喪失した文学的良心を取り戻すために文学はよろしく強大な政治手段であるべし、と主張する。これに対して「詩の政治性」の柴田は、詩の政治性を否定しないものの、それは詩自体がもたらす秩序の一側面にすぎないと冷静に考える。平林は「青春の門」で、詩人が戦時に意識しつつも醸し出した狭隘な枠を反省し、詩を再び退嬰的な詩人たちの玩具に堕さしめてはならないと説く。園部は「詩語の周囲」で、今後英語などの外来語がひじょうな勢いで浸透し日本語本来の特質を破壊する危険性のあることを警告するが、時代が下るとこれは現実のものとなってくる。ほかに吉田が「浅井十三郎素描」を記す。

「新詩派」が産声を上げた終戦翌年の早春といえば、二、三月には新円切替・預金封鎖（金融緊急措置令）が実施され、戦後の国民経済が混乱を極めた時期に相当する。明日をも知れない生活の荒びはそのまま心の不安感にも反映した。力の入れ所の定かでない心許なさが、この詩誌に掲載されたどの詩にも漂っている。そんななかで笹沢「並木に寄せるソネット」は見事な抒情詩だが、なぜか白々しく、戦前の作ではあるまいかと思わせる。小田「歩いてゐる」はこの詩人らしい穏やかで控え目な短詩だが、空虚さが漂う。富塚「公園ニ咲ク花」は虚しさを通り越して皮肉に満ち、むしろ清々しい。川口「敗れたれど」と柴田「竹」は共に何とか虚しさを抜け出る足場を探ろうとする姿に共感を覚え、次に掲げる「旗を焼く」に通じるものがある。貧しい古びた衣裳を燃やそうとする平林の「燃ゆる衣裳」もこれにつながり、後掲の泉沢浩志の詩「火焔の記憶」と共通して、自らに手を伸べてなんとか救いあげようとする思いの高まりがみえる。

旗を焼く　　　　杉山静雄

故郷に辿りついた最初の朝
戦塵にまみれた兵革を脱ぎ
父は今　心しづかに旗を焼く

かつてそれは祖国の哀歓を肌につけ
幾千幾万の手垢がしみこみ
体温を持つ唯一の郷愁であつたもの

わななくこずえごしに見る富士の白さ
笛も太鼓もあをい空へひつそりと昇天して行く

失意と怒りと貪婪と
人々の情の荒涼と
賤民の押絵を背に貼りつけた
狐のやうな俗吏ども

実在の対象を失ひつつも
ゆがんだ口唇にうかぶ黙殺の微笑
父は今　心しづかに旗を焼いてゐる

この詩は必ずしも創刊号の核心となる前衛的作品とはいえず、編集者からみれば代表的詩篇として採りあげられるのは不本意かもしれないが、敗戦後の多くの若い詩人がまずこうした詩作から出発していることを思い返せば、ここに挙げておくことに意味はあるだろう。最初期の「鵬」が前時代的な抒情詩からはじまっていることにも思い至る。それらに比べれば「旗を焼く」は充分に完成されている。この詩に描かれた情景は、じつは私の少年時の私的記憶にも触れるところがあり、書き留めておきたいと考えた。旗を焼く父がもし実在の人物であれば、それは家族のなかの作者自身であり、幸い早い時期に復員でき、戦災を免れた還るべき故郷のあった人だったのだろう。いくらか年配の詩人たちのなかには、この時期、頭の切り替えがうまくいかず「心しづかに」旗を焼く心境になれなかった人々のほうがむしろ多数であったことが想像される。

「新詩派」は当面の予定を社告に出し、経営面の安定を期すべく四、五月合併号を五月に、そして六月以後は月刊とするはずであった。しかし三月に創刊号を出したあと、平林は意を尽くせなかった反省から、次には編集内容を一新させたいと思い詰めたという。そして「このままではいけないと思い、いったん解散することにした」。実際にはあらためて「新詩派」を出すことになる。それゆえ、かたちのうえでは三月創刊号と次の一巻一号とは直接のつながりはない。奥付によれば両者はともに一巻一号なのだが、先のほうを三月創

平林敏彦（近影）

刊号、後者を六月号として便宜上区別する。

「新詩派」第一巻第一号（通巻第一集）は同年六月一日に発行された。編集者代表の平林、編集の吉田、園部、柴田の三名は変わらず、これに貝山豪が加わった。発行者は清水栄（貝山豪の本名）、印刷所は昭興社（大森区）、発行所は新詩派社（吉祥寺の平林の住所）となった。詩は目次上の田村隆一「石」「翳」、村野四郎「梅」、平林「羽搏きを撃て」、吉田「春の告示」、富塚「薔薇公園」がとくに印象深く、さらに柴田、園部、高田新、鏑木良一、土橋治重《じじゅう》、福田律郎らを加えて十六人の作が並ぶ。先の三月創刊号に比べると兵役や戦禍を直接詩材にした作はなく、また抒情性も明らかに抑制されている。評論を田村、柴田、園部、平林、貝山が書いている。全十六ページとなり、それだけ内容を絞ったことがうかがえる。末尾にある小規の第一項には「前衛的新人作品を核心とす」とあり、三月創刊号の意図がそのまま引き継がれている。「個の発掘」で平林は次のようにいう。

思へば野望より他に純粋な目的を持たなかつた戦争に人々は疲れ果て、思想の昏迷と批判精神の欠如を来たしつつ詩精神はいつかこの偽善的な懶随にむしばまれ、斯くして詩は思想を急速に喪失していつたが、この状態でやがて迎へた終戦前後の作品に秀れたものを見出せぬ嘆きは頗る当然と謂はねばならないにしても、この現実は日本の詩のために痛切な悲嘆としてつきない。（略）終戦後の作品は依然として戦時中の無意欲を露呈し、脱皮を怠り、安易な反動性を暴露した作品の横溢にその期待は虚しく裏切られた。（略）

詩の本質は不変的でありながら思想の転移に敏感であり、常に斬新な表現への苦悩を希求してやまぬものであることを銘記すべきである。至純なるエスプリの放射と独自なるフオルムへの志向が、ひとしく個性の基盤に立つ創造意欲に他ならぬことを信じよう。

この一文はそのまま新生「新詩派」創刊の意志を表明する。終ページの「無名人の言葉」で貝山は平林の「青春の門」（三月創刊号）の一節「さきがける鳥は傷ついても飛ばなければならない悲願を宿命的にもつ」を引きながら、右のことばを補足している。柴田「世代は動く」と園部「芸術の権利・義務」は、いまだ国土には飢餓と荒廃が残るが若い詩人・芸術人たちが新時代へ力強い歩を進めることを、ともに訴えている。

　この時期、「新詩派」の編集者は、ほぼ同時期に発刊された「純粋詩」、さらには「鵬」の動向に常に注目している。地理的に近い「純粋詩」とは戦後初の現代詩の催し「詩のカーニバル」（講演、討論など）をこの年の七月下旬に都内で共同開催している（資料8）。

　この号の目次上に掲げられた田村の詩二篇について平林は、おそらく一九四二年に「寄港地」を発表して以来の長い沈黙を経て復員後の「田村隆一が戦後はじめて詩誌に発表した作品」と推測している。

石　　　田村隆一

わたしの上で　蛇は睡つてゐたが
夜　非情の泉に濡れて
はげしく顫へ　はげしく悶え
水晶となつた

翳

わたしの骨にふれれば貝のひびきよ
おまへの肉にふれれば水のにほひよ

この号での最も注目すべき評論は田村の「手紙——一九四六年早春」である。四月四日の日付のあるこの長い「手紙」は宛先である三好豊一郎とその作品「囚人」を読者に強く印象づけ、ひいては創刊詩誌「新詩派」の存在を世に記憶させることにもつながった。この小文では「手紙」について書きおきたい事柄が少なくないので、刊行の順を追う「新詩派」自体の記述の流れを停滞させないためにも「手紙」は別の項目（7章）とする。

七月号（第一巻第二号）と八月号（同第三号）はそれ

ぞれ同年七月一日と八月一日に発行され、再創刊後三冊目までは月刊の歩調が保たれた。編集者・発行者の構成も変わっていない。七、八月号の表紙の誌名の下に記された〝A NEW SCHOOL OF POETRY〟の文字が目をひくが、この詩誌の性格を一言で表す工夫であろうか。少なくともエコールと一線を画した「鵬」との違いを明らかにしている。

まず七月号の内容をみてみる。評論は笹沢美明と高田新の二篇。詩は三好豊一郎「壁」、平林敏彦「夜」、田村隆一「紙上不眠」、岡安恒武「草むら」、鮎川信夫「耐へがたい二重」、「鵬」同人八束龍平の「すべての恍惚を」の六篇。人数は少ないが特色ある陣容である。末尾の同人一覧によると、同人は十二名で、貝山肇（横須賀）、吉田善彦（横浜）、高田（中野区）、田村（豊島区）、園部亮（横浜）、牧章造（杉並区）、鮎川（渋谷区）、天野精一（荏原区）、斉藤峯明（世田谷区）、三好（八王子）、柴田元男（品川区）、平林（吉祥寺）と、いずれも京浜周辺の在住者である。

笹沢美明（一八九八―一九八四）は「現代詩人に求めるもの」と題して「現代の詩人が感性のみで生きることとは決して詩を活かすことにはならない。そして又、経済的企画の理論にのみ始終して実行の伴はない政治と同じやうに、私達詩人は知性にのみ頼ることの危険を忘れてはならない」と訴える。また高田は評論「転形期の詩精神」を「私は血肉の中に知るのだ、この反動時代の現実は、急激な「時間」の短絡を以て「現実の民衆の一歩前」の様相が明日はすでに「現実を強力に押し進める民衆の現実」そのものになつてゐることを」ということばで締める。

末尾の「羅甸区」から幾つかのことばを抜き出してみよう。「この頃よく「現代詩の今後」に就いてとか、「期待される新人」に就いてとか、およそ愚にもつかぬ事を喋舌つて得々としてゐる或種の詩人を見聞するが、その度に奇異の感に搏たれる。彼らにとつては、実際にそんな事はあまり問題ではないのだ。それよりも、自身の増長の鼻の頭に見栄の油を塗ることの方が余程嬉しいのであらう。さう云ふ奴等が寄つてたかつて詩壇と称する劣等児を産み出し、新日本文化がどうの、地方文化がどうのと、「文化」がなければ夜も日も明けぬお祭りさわぎだ。（略）我々はもつと詩に絶望する必要がある」（柴田）。「周囲には詩精神噴出度の稀薄な所謂詩的な詩が氾濫し過ぎてゐる。それらは気体的で晶化してゐない。芸術のマヂックに囚はれてゐる。（略）イデオロギーのみの、或はプシコロギーのみの詩は無力である。」（園部）。「虎座六月号の合評で、柴田元男の「春日夢」が不当な冷評を浴びてゐたので、敢へて云ふ。（略）一体生田花世氏の「言葉の展覧会」とは、如何なる心境から吐き出されたことばなのか。詩評に当つて、かゝる常識的な概念的な言葉を用ひ、そこに一抹の皮肉を意識して得々たる或は誤らずとしてゐる生田氏の批判精神を疑ひたい。山村氏の「敗戦感がない」といふそれにしても同様」（貝山）。「敗戦感」とは言い得て妙、そしてこれが詩の必要条件とはうら悲しい。

「「蒟蒻のやうな屁のやうな日本民衆を基本とせる民主戦線など噴飯なり、熱いとか冷いとかじぶんの感情位はつきり云へるやうな個人を教育すること緊要なり。」（略）この（金子光晴の）言葉をよんだ私も、外食々堂でからうじて生命をつないでゐる民衆のひとりとして、あまりいゝ気持ちはしなかつたことを、戦時中沈黙を守つた尊い詩人金子光晴さんよ、お察し願ひたい」（高田）。（外食券食堂とは懐かしい。父親が復員時に給付された外食券を持って一家で食堂に入ったが、うちは扱っていないと断られた私的な空腹の記憶が蘇ってきた。終戦翌年六、七月のことである。）「別掲の如く本誌は今輯から新同人数名を迎えた。之によって我々の運動がより強烈な色彩と実行力を有つに必要な中核体を充実せしめ得たと思ふ。われわれの火は荒廃の薄明に炎えさかってゐる。未踏の原野は目前に展けてゐる」（平林）。

耐へがたい二重

鮎川信夫

深夜　唇が煙草を挟んでゐる
とざされた部屋に心臓の羽搏きが
左右に拡げる黒い蔭！　二重のドア！
孤独な生きもののため
耳をすましてゐる中枢に
つかれた椅子の軋る音……
重たい時計の振子の音……

頭上で屋根を剥ぐ不気味な爪の音……
頬骨がつめたい空気のなかで尖つてくる
不図した思考が
うなだれた水仙の賢げな影を卓布に落す
鏡がひややかに自虐を睨む
私は怖れる
古風な銀の縁をつけて　いつもこの水が動かぬこと
　を……
自己愛が底深く凍りついてしまつてゐることを……
大きく見ひらいたうつろな眼を
おとろへた視力の闇をとほして
朧ろに姿を現はすこの髭だらけの死者は誰だらう

次に八月号だが、詩は平林敏彦「熱い屋根」、鮎川信夫「トルソについて」、土橋治重「菜つぱの詩」に、園部亮、高田新、泉沢浩志、大谷芳枝、牧章造を加え八篇。評論はなく、それに換えて座談会「詩の新しい展開に就て」（六月十六日開催）に大幅に誌面をとっている。

座談会の参加者は高田（司会役）、貝山、園部、柴田、平林、牧の六名。前もって特定の課題を掲げていないので、話し合いは自由に進行するが、結果として話題は「詩の公共性」、いま少し具体的には作者と詩のかかわり、つまり詩人の芸術的主張と社会性といった方向に展開した。この話題は以降幾十年にわたりこの国の詩人たちの間で間断なく繰り返されてきたはずで、詩作者にとっての永遠の課題といって差し支えない。その意味で、おそらく戦後初の詩人たちのこの座談のやりとりは現代の詩人によってもなお読み継がれるべき価値を失っていない。少なくともこれをあらかじめ読んでから話し合えば、時間の節約になることは請け合える。「あとがき」で平林は時間が足りず序論の域にとどまったと残念がったが、当初の目的は充分に果たし、座談会は「新詩派」通巻のなかでも出色の企画となった。これより七十年余を経たいま平林は、「現代詩は変わらなければならない」と独りごちるが、この座談での発言を物差しにしてそう言っているのだと、私はつい思ってしまう。座談はもとのことばに直接当たることが望まれるが、参考までに発言の要点を摘記しておこう。

高田——今後の若い詩人たちに必要なことは忌憚のない相互批判だ。既成詩人についても厳しく批判し、かつ学ぶことが大切だ。詩の公共性というが、詩人は時代の批判者であり時代に先行するということばがある。そういう世界観から詩作の態度が決まってくるのではないか。

貝山——詩人とその詩は別個のものではない。詩人の人格全体が伴わなかったところから、近代詩がわれわれを最後のところで惹きつけられない弱さを生じさせた。逆説的な言い方だが、作品は別物ということになれば、作者の責任遁れともとられかねない。

平林——詩の価値の尺度になるものは感動の深さだ。詩の感動は階級意識を超越して生々しく人間の胸に迫る。個々の感覚器官ではなく全身で詩の実体にむしゃぶりついていく。その度合いが詩を高くも低くもする。

牧——詩だけでは生活も思想も覆いきれない。誰にも解ってもらえる詩の普遍性があるべきと考えながら、一方では詩は選ばれた人でなければ理解してもらえないとも思う。じぶんの弱さゆえだろうが、芸術と社会との間に一線を引くことが必要ではないか。

園部——日本の詩は終戦によってよい意味で混迷に遭遇した。まず、この時代の流れのなかに積極的に飛び込んで行かねばならない。常に時代の流れを詩人の生命の最深部で身をもって体験することが、今後を生きる唯一の態度ではあるまいか。

柴田——日々の新聞に出てくるような現実の底にある、或るしずかな動かせぬものを選り分ける眼、それが詩人の眼だ。一概に時代の流れに沈むのではなく、もっと大きな時代の脈搏を全身を賭してうたいあげること。芸術上の自由とはそれ以外にない。

火焔の記憶

泉沢浩志

くわつこう
くわつこう

あはれ
美しい笛を吹く
古い一本の杉よ
しびれるやうな哀歓——

行手の雲に映写しながら
火焔の記憶を
ちぎり捨てる
私は飢餓を

閑古鳥
閑古鳥
敗れた戦を嗤ふな
殪れた友を呼び出すな
故里の空に垂れる白い墓に

径の花は
散つてしまつた
晩春の胸の中はもやもやしてゐる
水を飲んでも
苦しいけれど
記憶の酷使は止めたがいい
あの故里の空に垂れる白い墓に
くわつこう　敗れた戦を嗤ふな
くわつこう　殪れた友を呼び出すな

資料8

「詩のカーニバル」は一九四六年七月二十一日（日）正午から東京・上野の科学博物館講堂で開催された。「象徴詩の移植と克服を目指すという「純粋詩」のアカデミズム志向と、新しい時代の詩はその社会性と芸術性の一致を実証しなければならないとする「新詩派」の意識が対立したのはむしろ当然で、それを明らかにすることがイベントの一つの目的でもあった(2)」。「純粋詩」七月号の予告をもとにした出演者は以下の通り。

講演——福田律郎、高田新。朗読——秋谷豊、瀬木次郎、房田由夫、杉本圭子、岩淵巽、入江元彦、山田和也、佐藤木実、武田武彦、平林敏彦、柴田元男、園部亮、吉田善彦、田村隆一、松村文雄（北村太郎）、鮎川信夫、牧章造。討論——現代詩の新しき展開について（司会　柴田）。

6　さきがける鳥は傷を負って飛ぶ
――「新詩派」通巻第四集から終刊第八集

「新詩派」は一九四六年八月号を出したあと、予定した九月号の編集が途中で頓挫した。これはもっぱら経済上の制約によっていた。通巻第四集（第二巻第一号）は前号から八か月の間をおき、年があらたまった四七年四月二十日に発行された。編集者の平林敏彦と柴田元男、中島可一郎、園部亮、高田新が残り、数か月後に第二次「荒地」を創刊する田村隆一、鮎川信夫、三好豊一郎が抜けたあとに、牧章造、毛利昇、佐々木陽一郎、田中民人（田中氓人、たなか・たみひと）が新参加して、九人の態勢になった。この全員で詩と評論を書くことを原則として通巻第四集刊行に向き合った。評論は各人が戦時体験のある前世代の詩人を取りあげ、戦時のファシズム体制下の政治と文学の軋轢が詩人の創作活動にいかに作用を及ぼしたかを、戦争協力詩の問題を含めて書くこととした。

雑誌の割付も一新され、本文は八ポイントほどの小活字の四段組、詩作品には二段を取っている。全八ページだが簡潔にまとまり、読み応えがありそうだ。編集者は後記で、幾度かの復刊計画ののち再び本誌を発行できる喜びは言い尽くせないが、だからこそこの貴重なスペースには「虚偽や偽善や遊戯の文学を一語といえども書きつけたくない。冷酷に人間のことばを刻みつけねばならない」と強い思いを記している。

世の中がいくらかでも落ち着いてきたのか、これまでと比べて印刷面がきれいになり読みやすい。表題下に「壺井繁治研究」とあるのが目をひく。評論は高田、平林、柴田、佐々木の四名、詩は牧、園部、中島、たなか、毛利、平林が書いている。まず評論から読んでみよう。評論はいずれも前年八月号（第一巻第三号）の座談会「詩の新しい展開に就て」を下地にして思索を展げている。

高田新は「詩壇時評――現代詩精神確立の足場」で、戦後の民主主義革命によって人間解放の開花がはじまった一方で、その外形のみを模倣する頽廃の詩芸術が再び氾濫しつつある現状をみて、これではわが国の詩を世界の水準にまで高めることはおろか、詩自体さえ喪失しかねないと憂える。そして「新しい群衆の時代を表現せよ」という中国の文芸評論家、周揚のことばを引いて、これこそわが国の詩分野にとっても正しいことばであると結ぶ。周揚は一九三五年に「国防文学」を称えて魯迅らと対立し、「整風運動」の指導者として解放後の中国の文学・思想界を先導した人物である。論理と実践を具現化した中国の人民開放への戦闘がわが国の戦後派の人々に及ぼした影響の大きさをうかがわせる。

「新詩派」第1号（1946年6月）

他の三篇の評論は壺井繁治（一八九七—一九七五）の新詩集『果実』（十月書房、一九四六年十月）発行を契機として壺井論を共通の課題としている。この詩集には壺井の戦時中から戦後にかけての詩作品が収められており、ひとりこの詩人のみならず、この時期に活動した先達詩人たちの動向を知り、それを論ずるには恰好の研究対象となった。「壺井繁治論ノート」は平林のおそらく最初の繁治論である。ある詩人を正当に評価する要点は、その詩人が先の戦時にいかに不屈の人間精神を守り得たか、そして戦後の新出発に当たって明晰に敗戦の意識をもって踏み出しているかどうかであると、平林はまず主張する。そしてこの観点に照らせば、壺井は一個の詩人の思想的節操を守り行為しつづけた詩人のなかの一人であったとみる。

「戦争中のあの重苦しい空気の中でも、私は詩を書くことを放棄しなかつた。しかしそれは、私にとつてささやかながら一つの抵抗作業であつた。（略）私の詩はだんだんに言葉少くなり、ある時期に至って、全く詩が書けないような、一種の感情の凝固だけが内部に結晶するように思はれた」という詩集『果実』の序にある壺井のことばを平林は引く。戦時とはいえ比較的早期には多くの詩人たちはどうにか自身の足場を保ち得た。しかし「ある時期を一歩過ぎた息詰まるような時潮に転落していった俗物詩人と、きびしい批評の眼を見張っていた壺井との差違は決定的であり、壺井のこの時期の作品「氷河」は沈潜ののちの感情と思想が近代的な批評精神に支えられて、最も完成された量感をたたえている」(要約)と平林はみる。ただし、戦後の作品にみられる平易さ、通俗さが、すでに「わが額に寄する歌」「石」「登山行」といった作に表れていることを見逃さず、「ここに彼のあらわな焦燥を見出し、その外攻的、積極性がひとつの詠嘆によつてつらぬかれはじめたことを発見する」

平林は、「若しわれわれが国家権力の威嚇に曝されながらも、(略)(それに)反対を唱えたとすれば日本の詩壇が惨めな状態に陥らなかつたであろう」と、はっきり責任と反省の態度をとる戦後の壺井を評価しながらも、実際に示された「門」という戦後の実作品に表れた慨嘆と通俗性に傾く詩精神の稀薄さを否定しきれず、敗戦とその後の社会の動きがこの詩人を焦燥に追いやったのではないかと憂え、岐路にある壺井を危ぶむ。例として「小林多喜二のお母さんへ」と付記された長い詩「二月二十日」に一貫する詠嘆のリズムをあげるが、後出の佐々木陽一郎も近似の感想を述べている。

しかし平林は戦後の壺井の批判精神を「敗戦のあと壺井はいち早く戦時中の詩人の言動を厳しく反省して詩人がなくした近代精神の復興を叫び、近代詩確立のために詩界に論争を起こす必要性を唱えた。そして高村光太郎の悲壮な転落の過程を無節操な現代の詩人への著しい例証として提示した」(要約)と高く評価する。壺井の高村批判は強烈かつ明快だった。「彼は外部からの力でなく、自己の内部的リズムによつて自身を戦争にかり立てた。つまり彼にあつては、彼の詩的精神が今度の侵略戦争を全幅的に肯定し、むしろ自分の詩を発展させようとする足場とした点で決定的である」。戦時の詩人たちの抵抗の姿は多様だった。ついに沈黙を貫いた詩人、愛国詩や協力詩を書いてその場をとり繕った人、偽装ともとれる作風に転じた人等々。それぞれの立場を斟酌すれば、まあいずれも五十歩百歩ではないかと一絡げにされかねない。しかしそんななかにも壺井は質的な差違を見逃さなかった。「侵略戦争を全幅的に肯定し、むしろ自分の詩を発展させようとする足場とした」詩人たちの存在を糾明する壺井の「凄さ」を平林はからだで感じとったのだった。

柴田の「詩人に於ける人間性の問題――詩集「果実」から」では、右に平林の引いた『果実』の序にある壺井のことばをやはり冒頭でまず披露する。そして、詩とは常に一つの抵抗作業なのだが、ここではとくに戦中の完膚なきまでの暴圧に詩人がいかに耐え抗ったかを検討し、自らの今後の詩作に資したいと柴田は考える。そのために『果実』の作品のうち「果実」や「氷河」といった戦時に書かれた作に焦点を絞っている。読後、柴田は感ずる、たしかにここには何かしら起こるのを待っている辛抱強い忍黙の鼓動がひそかに逆流してはいるが、「沈鬱な、冷たく押黙つた一人の詩人の愈々に「孤」に徹せんとする味気ない表情が読みとられるばかりである」と。そしてこれらの詩篇を「詩としては取るに足らぬもの」とさえ思う。柴田は壺井の戦時の作例として次のような詩句をあげている。

「戦ふものすべて／旗を先頭に押し立てて進む／旗の進むところ／おのづから新らしき道ひらく（「旗」）」「銃は／われらの眼にして／われらの直情／ねらひ定めて／引金をひく／霧の夜に／霧の降るがごとく静かに／／敵前一〇〇〇メートル／地に伏せ／力をこめて／引金をひく（「時間」）」

こうした詩の一節からはかつての愛国詩を起想してしまうが、もちろん愛国詩とは異なるものである。しかし、と柴田は思う、「一つは民族自衛の戦いと称え、他方は人民の生活権擁護と言うが、『果実』の内容は実はそうした非個性的、非孤我的所産であり、自ずから人間性をなくしている」（要約）と。引用した詩句が一種の「偽装」に過ぎなかったとしても、そこに反語的精神の痛烈さはなく、「人間愛の片鱗さえ見られないことは壺井にとって惜しむべきこと。第二次大戦下のルイ・アラゴンの詩を採りあげるまでもあるまい」（同）と柴田は結ぶ。現役の先輩詩人への批判であるせいか、文章の展開が回りくどく明晰さに欠ける嫌いはあるが、壺井の戦時詩への直截の感想は充分に読みとれる。

柴田はこんなことも付言している。「ここで私は（詩人壺井繁治について言ってゐるのであり）戦争中自己の信念も主張も持たぬ他の多くの便乗詩人の徒輩をまでも問題にしやうとしてゐるのではない。彼らは時代の変貌とともに変貌する。詩壇の動向を敏感に察知しつつ。彼らは所謂詩壇人であつても決して言ふところの詩人ではあり得ない」。さらに、ことばと人間性とにかかわる、平成の今日にもなお通じる一言を柴田はこのように記す。「言葉の乱雑な、無摂生な使用法が一般的な人間生存意識への不信となつて現在の混沌たる社会情勢を礎き上げてゐることに対しては詩人の戦争責任の追及とともに、改めて批判の俎上にのぼせて然る可きだと思ふ」

佐々木は「壺井繁治詩集「果実」について」のなかで、イデオロギーにいかにして詩としての肉付けを持たせるか、その結果として表れた詩のなかで思想が何のために誰にどう訴えるかを問題とされるべきだと考える。そのような目で『果実』の作品を読むのだが、この際、右の柴田とは逆に戦後の作品集「門」に重点をおいて注目する。小林多喜二の母に捧げた「二月二十日」という長篇詩とそれ以外の中・短篇詩に分けて、イデオロギーが詩として展開していかなる形式をとるに至るかを考察している。

ここに掲載された三篇の壺井繁治論は終戦後わずか一年数か月という時期に発表された。これにまず留意すべきである。資料や情報量のきわめて得難い時期の評論である。こうした初期の壺井論が下地ないしは叩き台になって、後年の「荒地」詩人らによる壺井批判が表れるわけだが、それらに先駆けて戦中戦後通しての詩集『果実』を出し、戦時の詩人批判を果敢に遣り抜いた壺井の実行力に若い戦後詩の詩人たちがいかに影響を受けたかは想像に難くない。三篇の壺井繁治論はいずれも詩人の全身を「詩」（芸術表現の欲求）と「思想」（イデオロギー）に区別して論じているところに特色がある。この観点は先にも触れた座談会「詩の新しい展開に就て」（第一巻第三号、一九四六年八月）で詩を基本的に芸術的主張と公共性・社会性の二面から考察していることと共通する。こうした詩の二面性は誰でも解っていることだと言ってしまえばそれまでだが、数十年を経た二十一世紀の私たちにはむしろ新鮮に映る。戦後初期には想像もできなかった物質的な繁栄と自由を享受する立場からは、詩の思想的側面を深刻に顧みることはもはや不可欠とはいえず、思えば「イデオロギー」は狭義の歴史的用語になり果ててしまった。

この号の詩篇、牧「Dépare ―鴉―」、園部「河二篇」、中島「噴水」、たなか「耐えがたい喪失」、毛利「東京の断面」、平林「舞台」はそれぞれに骨太で読み応えがある。ここには中島の作をあげる。中島可一郎（一九一九―二〇一〇、富塚漢作を戦後に改名、本名は中島嘉一郎）は横浜出身、横浜商業では平林よりも五年先輩であったと聞く。

噴水

あれは亡びゆくごく詰らない火事《ファウエル》なのさ

中島可一郎

噴水盤に水がぴつちり張られてゐる。
重く垂れ下つた乱雲がうつり。
蹲る義足の掛金のするどい音　細かい波紋がむすう
　に走る。
義足の持主は　若く　うつくしい。
黒銅に彫られた二匹の野獅子のやうに　両膊はしな
　やか。

でも　なんとなく頬はこけ
瞳《め》はたつた今ひあがつた小さな湖沼
あゝ　そんなのではない
固い殻のはぢつこの　月蝕に似た南京豆
をんなの深情けにおぼれるはいや
噴水盤の獅子もいや
たそがれもいや
義足がいや

彼はひねもす坐つてゐる。
黒銅のどつしり据つた噴水盤のかたわら。
夜《よる》のやうに。
よるのやうな夜明けもなく。

あてどない自瀆の水をふきあげてゐる。

「新詩派」第二巻第二号（通巻第五集）は前号から一か月余の六月一日発行。執筆陣は前号と大きな変わりはなく、評論・エッセイを高田、中島、平林、牧が、詩を毛利、佐々木、たなか、山村祐が書いている。「詩壇時評——啄木と勤労詩について」で高田は重治、光晴、繁治、潤ら現代詩人たちの人民詩、勤労詩の根元を探索するために透谷、藤村、花外らの名を挙げるが、とりわけ啄木は強靱な「鉄のなわ」であり、現代詩人が近代性を取り戻す基盤の一つになり得ると提唱する。戦後の現代詩の態勢を立て直すべく、その手立てをめずらしく啄木にまで遡って求めている。ただし高田の文章には難渋する。

中島可一郎

中島の評論「財産目録」の財産とは、明治以来二つの大戦を経て蓄積してきたはずのわが国の詩的財産を指すようだ。先の大戦で群小の詩人たちがこぞって軍国主義に迎合したことに符合するように、終戦後の多様な現象の流行と呼応して詩の運動もまた右往左往するばかりで、詩人を育てるものがない。さらに溯れば、一千年の抜き差しならぬ西洋文明の彷徨の果てに獲得した詩人たちの魂から、（第一次大戦を深刻に体験せずして）ただいち早く技術のみを自分の作に取り入れ、たちまちエスプリヌウボウに基づく新作ができたことにするエコールが叢生したナンセンスを嘆き、これらの現象が次の財産目録に加えられて子孫たちに迷惑を残すことを、中島はおそれる。

　平林の「小野十三郎論ノオト——彼とその詩集について」では、小野十三郎がアナキズム系の雑誌「文芸開放」と「バリケート」の創刊に参加する前年に出した第一詩集『半分開いた窓』（一九二六年）、それにつづく詩集『古き世界の上に』（三四年）、『大阪』（三九年）などを精査して、この詩人の思想と作品に容赦のない考察を加えている。詩人に対して評者が見出した鍵のことばは「詠嘆」と「虚無」である。そして、このように表現する。「此の時期の（小野の）詩篇が同時代のアナキスト壺井繁治や岡本潤の一見破壊的な作品に比して、ダダ的なるつぼの中に自身を発見出来ず、常に孤立した一個の現実傍観者としての虚無感にとらわれた者の、詠嘆によって形成されている事実は注目される」。小野は孤立した詠嘆の世界の存在であり、ここから現在につながる作品の形式こそ変化の跡を見せながらも、詩精神の基底をなす思想が虚無であったことは否定できないと言いきる。

戦中に出た第四詩集『風景』（四三年）は、風景に因んだものを集めたと後記にいうように、苛烈の度を加えた戦争に対する小野の消極的な抵抗の姿勢が作品の方向を決めている、と評者はみる。しかし「昭和十六年十二月八日は　一刷毛の青もない底冷えする　灰色の大きな空。海の方には硫酸の煙が上つてゐた。民家の屋根には　季節を終へた素焼の植木鉢が伏せてあつた」とよんだ「空」を挙げて、「孤独な抵抗が、個人の観念の抵抗を超えて高度な象徴性を漂わせながら肯定的な表現をとらせている」（要約）ことに注目し、緻密な量感は技術的にぎりぎりの場を占めている、と前向きに捉える。

小野の戦後初の詩集『大海辺』は一九四七年一月に刊行され、「八月十五日といふ運命的な日から前後あまり遠くない時間に書かれた」詩篇が収められた。その象徴的、観念的な傾向がニヒリズムの詠嘆につながる危惧がないとは言いきれないとしながらも、平林は、「詩語の制約という点では、小野個人さらには日本の現代詩の頂点を形成するものであり、詩形を超えた「歌への反逆」の実質的な成果である」（要約）と評価した。「歌への反逆」とはいうまでもなく「短歌的抒情の否定」を指す。しかし力作「十三郎論ノオト」に関しては、限られた誌面がこのあたりで尽きたようだ。これを引き継いで次号では同じ主題を特集し、六名の同人が持論を執筆したが、後述のような事情から日の目を見なかった。

なお「十三郎論ノオト」の冒頭には、「「考える詩人」の伝統を持たぬということ、又あってもそれが稀薄だということとは、各々その程度に応じて民衆がいかに長い間奴隷の状態であったかということを物語る」ということばが据えられている。これは小野十三郎「詩篇204」の一節（表記は思潮社版一九六七年発行による）である。この項には、「創造に於ける批評的精神は思想の性質を動かすのではなくて情緒の性質を変ずるのである」という深瀬基寛の言を引きつつ、「詩の歴史を顧みるとき、青春はいつも「歌う詩人」が「考える詩人」に対して反撃をこころみる場合にあった。いまやその逆の現象がここに見られる。かつて見ない若々しさと破壊的意欲を持って「考える詩」が「歌う詩」に立ち向っているのだ」とも述べている。噛みしめたいことばである。

牧の「書簡――批評について」は編集者に宛てたかたちをとっている。批判精神に立脚しない文学は貧しく、この精神の欠陥は直ちに実作に反映するが、ただし、批判精神とは作品批評ではなく、文明批評であり、社会観、世界観であるべきだ、と牧は述べる。作品批評はもとよりあってよいが、それは作品への敷衍《ふえん》に過ぎないともいう。含蓄に富み、かつ刺激的なことばだ。牧章造（一九一六―七〇）は東京生まれで神奈川県立工業卒、「新詩派」には第一巻第二号（四六年八月発行）より詩を発表している。終戦の前には第一次「山の樹」（三九―四〇）に詩を書き、終戦早々に新日本文学会の集会を通じて平林と知り合い、共感するところがあったという。詩集に『礫』（私家版、五五年）、『虻の手帖』（黄土社、副羊羹書店、六五）、『罠』（同上、六九）がある。

第二巻第二号では平林の「後記」も興味を抱かせる。要点を述べると、さる女流翻訳家から「私などは一応の教養を身につけているつもりだが、日本の現代詩は理解困難である。一体これは何に由来するのか。詩人相互や読者はこれに抵抗を感じないのか」という質問を受けた。これに対して平林は、現代詩発展の過程と具体的作品を即座に挙げられなかったことを嘆きながら、時代の抑圧や空白をつらぬいて正当な発展を志向する少数の詩人はたたかっている、早晩そうした変態的な作品は克服されるだろうと応えた。そして「作品が意味を持つのはそれを受けいれる素地として人間という先験的な観念が、作家と読者の双方の頭に不動の座を占めているからだ」という小野十三郎の文章を思い浮かべた。もっとも、ここでいう「人間という先験的な観念」が、ややもすれば作者が独善的に捏造した虚無や詠嘆のような「詩的な概念」にすり替えられるのではないかという恐怖におそわれたという。この点は先の「小野十三郎論ノオト」にも触れられている。

「新詩派」（第二巻第三号）は原稿を揃えて印刷所（久留米市）に送ったが、結局、詩誌の形をとることはなかった。容易に割付や複写のできる現在では考えられない不運である。次号（通巻第七集）の「編集ノオト」には、この号が先になるが、第六号（通巻第六集）は印刷関係の止むない事情でまだ久留米にある、とその説明がある。通巻第六集では「短歌的抒情の解明」を特集し、「小野十三郎論ノオト」を敷衍すべく、平林に加えて柴田、佐々木、鈴木、牧、山村が執筆した。韻律を抜きにしては成り立たない中世詩の抒情の残滓が、かつて抒情の否定をさけんでいた詩人たちをさえいまだ拘束しているのを目撃できる。「短歌的抒情の否定」はただ短歌や俳句を対象にしているわけではなく、手の込んだ観念論者などには任せきれないこの国の伝統的な「抒情」の本性を解剖して見せようとしたものだった。もう一つ付言すれば、この号では中野重治を囲む同人の座談会「転換期の文学精神」（九月七日実施）の内容を掲載する予定にしていたが、これも叶わぬ仕儀となった。

「新詩派」第二巻第四号（通巻第七集）は十月一日の発行。前集が発行に至らなかった経緯があってか、この号は体裁が大きく変わり、小さな文字の三段組の全十六ページが謄写印刷されている。表紙の体裁も変わった。評論は平林と柴田の詩人論、詩は牧、毛利、中島、高田光一、佐々木、村田春雄、柴田の七名。ほかに「新詩派雑記」を中島、柴田、平林が記している。

雑誌「展望」一九四七年七月号に高村光太郎（一八八三―一九五六）が「暗愚小伝」と題する詩二十篇を発表した。「暗愚小伝批判――高村光太郎と三好達治」はこれら二十篇をつぶさに読んだ平林の批評である。「あの暗黒の季節に自ら一個の戦争煽動者として時の権力者にいのちをそして詩を売り渡して顧みなかったこの詩人を我々は忘れない。そして今もなおその過去に対する罪の意識が毫もないことを立証すべく「暗愚小伝」は提出された。かつて彼の奥底からほとばしり出た戦争詩のリズムが、表面上は自己批判のかたちをとって、こんどは自己保存の本能へと向け直された」(要約)と平林の批判は直截で容赦ない。また、三好達治(一九〇〇—六四)が敗戦翌年に「新潮」誌上に連載した「なつかしい日本」についても、平林は同評論に誌面を割いている。「我々は高村と共に侵略戦争を謳歌煽動した三好を思い浮かべる。敗戦後二年間全くの沈黙をつづけた高村に対して、三好は敗戦の翌年に「なつかしい日本」を連載して、彼自身を含む戦争協力文学者を擁護した」と指摘した。この長篇の評論をさらに具体的に評釈することは可能だが、とりあえずはここに挙げた評者の最小限の語句が核心を突いていることに満足しよう。

「「詩・現実」の問題をめぐつて——北川冬彦論抄」では、柴田は、北川冬彦(〇〇—九〇)の「丘の頂上にばかりゐる／麓から／草を食ひ尽くしたのだ」という「山羊」という詩を引いて、「彼の頭のなかの幻影が、彼を抜き差しならない伝説の山の頂上へと追いやっている。彼はいま一度麓に下る必要がある」(要約)と言いながらも、かつて「義眼の中にダイヤモンドを入れて貰つたとて、何にならう。苔の生えた肋骨に勲章を懸けたとて、それが何にならう」(「戦争」)とうたった北川の批判精神に再度の期待をつなぐ。

これに対して平林は「新詩派」同号の「抗議」と題した短文で、このところの北川の書くものは理解に苦しむと述べ、北川の暴論として二つの文章をあげている。一つは「プロレタリア詩について」(「コスモス」一九四七年八月号)の北川の文章にかかわり、あの時代にプロレタリア文学運動に参画しながら自身で詩作できなかった理由を政治の圧力ということばで処理する安易さを指摘する。もう一つは「敗戦後の詩集」(「文壇」同年八月号)で北川が記す、高村の「暗愚小伝」から「率直で堂々としたますらお振りである印象を受け」「高村氏には対社会的抱負などのべてもらいたくない」ということばを捉え、これは根本的に詩と批評、文学と政治の背反を計る反近代的な姿勢であると批判する。

「新詩派」第二巻第五号（通巻第八集）は一か月後の十一月一日に発行された。謄写印刷版の体裁は前号をそのまま引き継いでいる。評論は中島「十一頭の三才馬――新詩派論」と平林「『プロレタリア詩批判』の批判――時評」。「新詩派雑記」を田中、佐々木、村田が書いている。詩論では創刊以来平林が孤軍奮闘しているものの、全体としては執筆者数が減少し、活力の低下がみられなくもない。作品は高田「ひるがえさねばならぬ富士に旗を」、田中「化粧の倫理」、山村「こほろぎの歌（シルエット・ポエム）」の三篇。中島の評論は表題からは「新詩派」の詩人たちの評定を思わせるが、実際には詩壇時評の趣がある。中島は、つい先頃まで愛国詩や壁詩に名を連ねた連中がいまではラディカルに変貌して感情的に気に入らぬ相手を貶すのを嘆かわしく思い、一方で「ＶＯＵ」や「火の鳥」が関心の対象にならないのはその意欲の不明確さと深い表現法の欠如のせいであるとする。そのうえで中島は、「新詩派」を除けば最も先鋭的な活動力を示す詩誌として「純粋詩」を挙げ得るという。

平林の「時評」は、「コスモス」第六号（四七年八月）の「プロレタリア詩批判」特集（壺井繁治、北川冬彦、秋山清、中川隆永、平田次三郎らの執筆）およびび（とくに記載はないが）それに先立つ同誌第五号（同年五月）の座談会「近代詩を語る会」での岡本潤、壺井、秋山、北川らによる詩人の戦争責任をめぐる議論を合わせて、二つの特集を念頭に置いた批判である。「壺井や岡本は自己批判を基にして詩人の戦争責任を鮮明にし、小野十三郎は短歌的抒情の否定という問題を通じて民主主義陣営の詩人をも対象にした抒情の変革を論じたが、しかし彼らの志向がどれほど実作品に反映し結実しているか」（要約）と疑問を提起した。平林はまた、中野重治詩への中川や平田の批判に反論を加えている。

平林の主導した「新詩派」は第二巻第五号（通巻第八集）をもって終わるが、この号にはそれについての記述は見られない。この号を発行した時点では終刊を予定していなかったことになる。平林自身はその後の作品発表の場として、ほぼ四年後の一九五一年十二月に「詩行動」を創刊する。このあたりの思いを平林は独特のはにかみに包んで次のように述べている。「トラブルつづきで自滅した「新詩派」をそのままにしてある負い目と、どんな障害があろうとなお詩が捨てられない思いは、ぼくの中に強くあった。しかし大した額でもない金の都合がつかなくて潰れた「新詩派」の二の舞いは踏みたくない。残さなければならないか。その結果によって次のステップへ進めばいいと、かなり傲慢不遜だが、ぼくは心に決めていた（略）やるだけやってあとにだれが残るか。[2]」。先の話になるが「詩行動」には「新詩派」からの同人、平林、柴田、中島のほかに、当時学生だった飯島耕一、金太中、児玉惇、さらに軍隊生活を体験した世代の難波律郎、森道之輔、志沢正躬らが加わり、創刊時の同人は二十名を数えた。「詩行動」は月刊で一九五三年十二月の終刊まで二十五冊を出した。半年後の五十四年六月には平林、中島、飯島らは新世代の詩人を加えて「今日」を創刊する。

「新詩派」の記述を締めるにあたり、第二巻第一号から平林の詩一篇を載せる。

舞台　　　　平林敏彦

この舗道に立ちすくむ
びしよ濡れのぼろを　背中にひきずつたやつ
そこにも重なつている　ふきさらしの見なれたかげ。

彼はこの世の暗がりのなかで
血ばしつた眼に
いろどられた舞台をうつす
重くるしくまわる　舞台の軸。

夜つぴてつづく狂躁のおわり
仄暗いあけがたの霧にぬれ
道化すがたのたよりなげな足どり
行きかうむかしの仲間の　ふるぼけたくつおと。

湿つぽい緞帳のかげの
あのおびただしい仮装の列……

鴉どもに喰いあらされる　やつらのとおいしわがれ
　ごえ
回らない舞台の軸
うすあかるい舞踏場のまど。

そのむこうの
風化地帯のすさまじい　かぜ

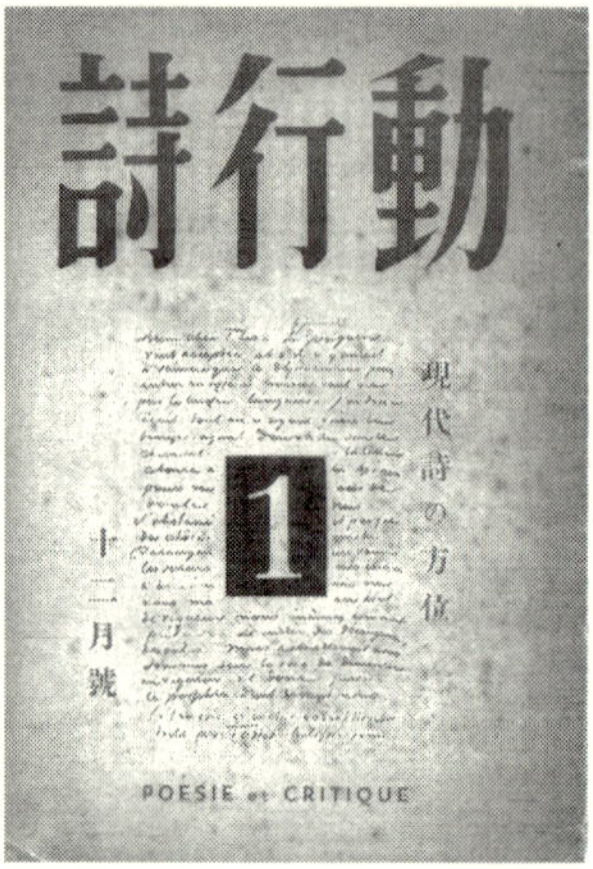

「詩行動」創刊号（1951 年 12 月）

7　不眠の蒼ざめた vie の犬が
――「手紙　一九四六年早春」を巡る詩人の交歓

四月四日の日付のある「手紙――一九四六年早春」は一九四六年六月発行の「新詩派」（第一巻第一号）の冒頭の評論として掲載された。これによって宛先である三好豊一郎（一九二〇―九二）と掲載作品「囚人」を詩人や読者に強く印象づけ、ひいては創刊詩誌「新詩派」の存在を世に知らしめることにもあずかった。「手紙」は田村隆一（二三―九八）の戦後初の渾身の詩論でもあり、同じ号の目次上に載った二篇の短詩とともにこの詩人に大きな転機をもたらした。この小文では、日本の詩の明日のために手紙のかたちで田村が書き残しておきたかったことをたどりながら、歩み始めようとする戦後詩に田村の望んでいたものを探ってみたい。

「手紙」には「自分以外のものを驚かさうと企ててはならない。　ヴアレリイ」という添え書きがある。このことばは田村が読者に伝えようとする主題の核心である。

「手紙」は三星印によってゆるく分けられた三つの段落からなっている。最初の段落では三好から送られていた詩「囚人」を冒頭に書き写し、三好の病状を案じた文章がつづく（資料9）。

平林は回想している。「敗戦の翌年、わずか一年足らずではあったが、ぼくが編集者だった「新詩派」に田村、鮎川、三好豊一郎の三人が同人として加わった。敗戦後まだ「荒地」グループが自前の詩誌を持たなかった頃で、ぼくから田村に声をかけたのである。それというのも、ぼくが中学の同級生だった志沢正躬から田村を紹介されて以来、ごくたまにだがかれと接触する機会があったからだ。志沢は大塚の花街でしるこ屋をやってた家の息子で、田村をあたかも神のごとく崇拝していた。最初にぼくが田村に会った日、神サマは「ぼくのいちばん親しい仲間は松村文雄（北村太郎）と三好豊一郎なんだ」と名指しでいったことをよくおぼえている」[2]。近年になってからも平林は、いまでも田村が初めての原稿を手渡してくれたときのうれしさを忘れられないと言い、「新橋界隈の小さな居酒屋で田村にもらった原稿の「手紙」は四百字詰用紙で一三枚、末尾に「四月四日」の日付がある。とりわけぼくが感激したのは、冒頭に三好豊一郎の詩「囚人」が置かれていたことだ」とも記している（「午前」第七号、二〇一五年四月）。

ここでいうように田村には平林から声をかけて、「新詩派」という当時としては稀少な執筆の場を提供し、これがきっかけとなって詩論「手紙」を田村に書かせたのだった。「手紙」発表の時点で田村は二十三歳、三好は二十五歳、平林は二十一歳。その田村と三好が初めて顔を合わせたのは「LE BAL」第二一号（一九三九年十二月）の合評会であったというから、互いにまだ十代の頃のことになる。

「囚人」はその後田村隆一編集の第二次「荒地」創刊号（四七年九月）に再録され、一か月後の十月には詩学詩人賞を受けた。余話になるが、「詩学」第三号（四七年十月）に発表されたこの詩人賞の選考結果によると、次点は同数で平林敏彦と祝算之介だった。後日、選考委員のひとり村野四郎（一九〇一—七五）から選出方法などについて批判の出たこともあってか、この詩人賞は一回のみでとり止めとなった。しかし「囚人」や後掲の「壁」を含む第一詩集『囚人』（岩谷書店、四九年）によって三好は詩学新人賞を受け、詩人としての位置を確かなものとした。

三好は回想「幼童の記」[10]を「私をそこ（空虚以外の何ものでもない戦争）から解放したのは、一九四一年（昭和十六年）十二月六日の徴兵検査における丙種合格の宣告で、肺結核症とひきかえにではあったものの、何ものとも比較にならぬ解放感を私は味わった」という文で終えている。「丙種合格」というとあたかも兵役合格を喜んでいるように受けとられそうだが、じつはそうではない。丙種合格とは「現役には不適だが国民兵役には適する」もので、三好の場合は第二国民兵役、つまり身体上極めて欠陥の多い者に属した。要するところ三好は現役を免れて徴兵を延期され「何ものとも比較にならぬ解放感を味わった」のだった。もっとも戦争の末期になって兵員が不足してくると、国民兵役の人たちも召集を受けたという。戦況の悪化にも

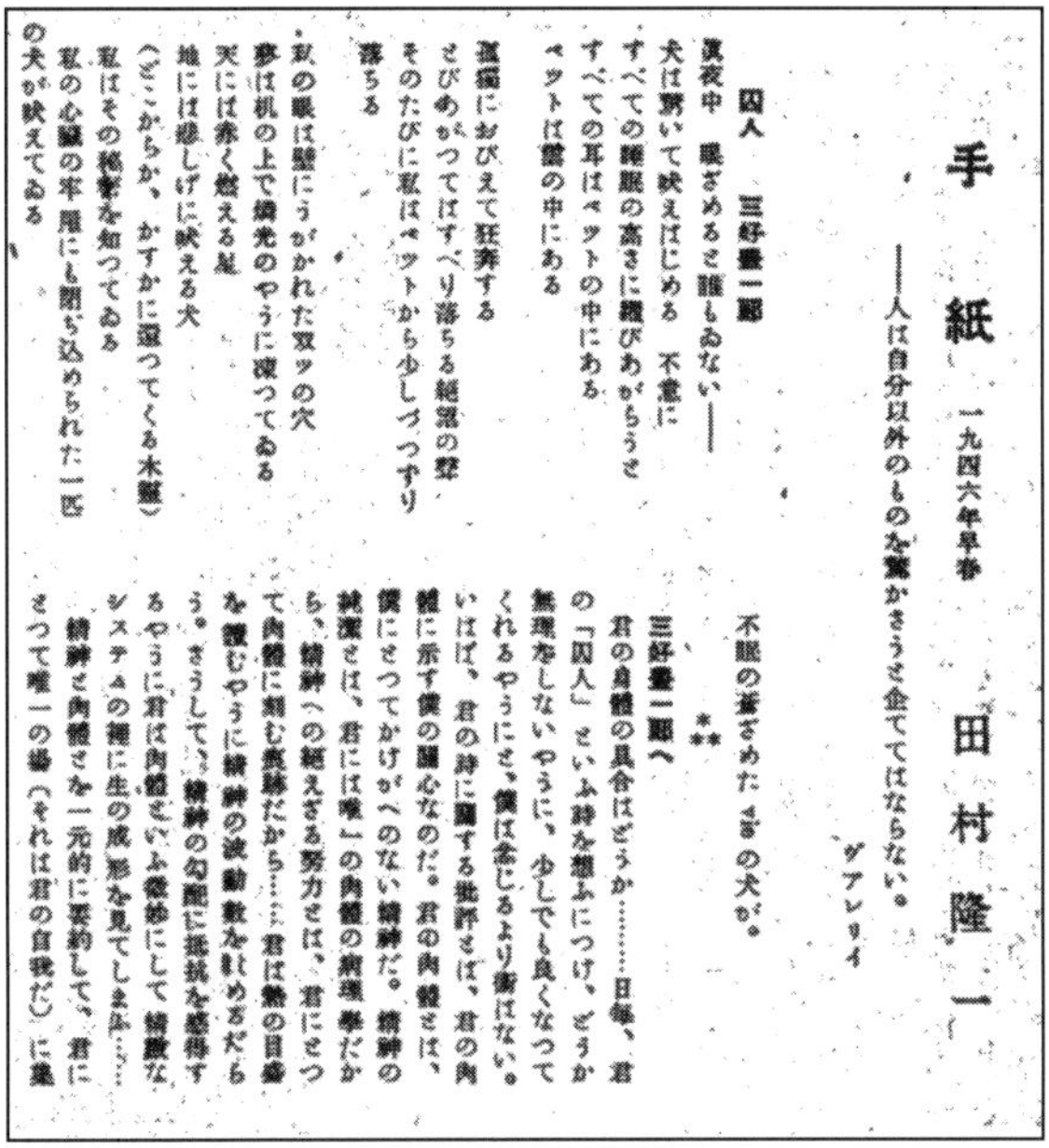

手紙　一九四六年早春　田村隆一

――人は自分以外のものを驚かさうと企ててはならない。

ヴアレリイ

囚人　三好豊一郎

真夜中　眼ざめると誰もゐない――
犬は驚いて吠えはじめる　不意に
すべての睡眠の高さに跳びあがらうと
すべての耳はベツトの中にある
ベツトは檻の中にある

孤独におびえて狂奔する
とびあがつてはすべり落ちる絶望の壁
そのたびに私はベツトから少しづつずり
落ちる

・私の眼は壁にうがかれた双ツの穴
夢は机の上で燐光のやうに凝つてゐる
天には赤く燃える星
地には悲しげに吠える犬
（どこからか、かすかに還つてくる木霊）
私はその秘密を知つてゐる
私の心臓の牢屋にも閉ぢ込められた一匹
の犬が吠えてゐる

不眠の蒼ざめた vie の犬が。

＊＊＊

三好豊一郎へ

君の身體の具合はどうか……日毎、君の「囚人」といふ詩を想ふにつけ、どうか無理をしないやうに、少しでも良くなつてくれるやうにと、僕は念じるより術はない。いはば、君の詩に關する批評とは、君の肉體に示す僕の關心なのだ。君の肉體とは、僕にとつてかけがへのない精神だ。精神の純潔とは、君には唯一の肉體の病理學だから、精神への絶えざる努力とは、君にとつて肉體に刻む素描だから……君は熱の日毎を讀むやうに精神の波動數を計めるだらう。さうして、精神の勾配に抵抗を感得するやうに君は肉體といふ器械にして精緻なシステムの裡に生の成形を見てしまふ……精神と肉體とを一元的に要約して、君にとつて唯一の場（それは君の自我だ）に集

田村隆一「手紙」の冒頭部
「新詩派」第１号

病を抱えた三好の心境は揺れ動いた。終戦の年の八月二日に空襲によって八王子市の生家を焼失したが、その前の三月の東京大空襲、四月の立川市街地への空襲によって三好の戦意はすでに消失していたに違いない。体の内部には治療の困難な胸部の宿痾をかかえ、皮膚の内外から圧迫され揺さぶられて、心臓の牢屋に閉じ込められた不眠の vie（いのち）の犬は吠えた、弱々しく悲しげに、そして抑え難く。

「手紙」の出だしの文章では田村はひたすら三好の病状を案じている。とくに「囚人」と題された詩一篇を受けとって以来、三好の病状は田村にとってとくに深刻な関心事となった。なぜなら「きみの肉体とは、僕にとつてかけがへのない精神」だったからだ。精神と肉体とを一元化して詩という唯一の場つまり自我に集中すること、そして vie の犬を産み出さねばならない三好の現状に思いを馳せる。まっとうな肉体をもち詩作に耽る詩人たちがいる一方で「これは随分不幸なことに相違ない。他人を愕かすために、表現に憂身をやつす世の幸福な詩人たちにくらべたら」と田村は思いやる。このことばは表題に添えられた

ヴァレリーの一節にそのままつながっている。「vieの犬」とは、こうした内攻と外圧に抗おうとする生存への本能的な意志ではなかろうか。「きみの肉体とは、僕にとつてかけがへのない精神」と言うとき、君がこの世からいなくなったら僕はどうなるのだ、という田村の切実な思いがまともに表出していると受けとってよいだろう。

「手紙」の二つ目の段落では田村の話題はリルケの小説「マルテの手記」に及んでいく。これを梃子に自説を三好に、そして自身に語りかける。

あるときマルテは体を二つに折ったように腰を曲げて歩く老婆を見る。マルテは足音をしのばせて歩いていたが舗道に靴をひっかけてからからと木靴のような音をたててしまう。老婆はおどろいて上半身をおこした。その動きがあまりに素早かったので、老婆の顔は両手のなかに残ってしまった。マルテは老婆の手のなかに残された鋳型のような凹んだ顔を見た。田村は「マルテの手記」のここの場面をあげて、これはもう新奇な表現、独創的な方法という文章上の問題ではなく、「老婆の手のなかに本当に凹んだ顔をマルテは見てしまったのだ」と信じ、リルケの文体の独特の美しさは、美しい文体をつくるという架空の観念にあるのではなく、見てしまったものを実証した結果であると受けとる。

表現するという詩人の命懸けの作業も、実証することを離れては意味をなくする。これは「他人をおどろかす」だけのロマンチストにはなかなか理解されない。しかし通俗的なロマンチストを批判し皮肉っているわけではなく、むしろかかわらなくてよいと言っている。リルケの文体という一見抒情的な表現形式だけを気にかけ、ものを見る強靱な現実者の眼を見失ってはいけないのだ。さらに田村は、西欧から移入された日本の近代詩の運動は、ボードレールの眼やマラルメの眼を見ないで西欧詩人たちの秘教的な表現のみにおどろかされた結果にすぎなかった、と駄目を押す。

「詩人の眼」で見られてしまった事象は必ず僕らの内奥に還ってくる。僕らの内奥には絶えず痕跡を刻むもう一人の詩人が棲んでいる。そのもう一人の詩人がvieの犬をけしかけ、吠えさせるのだ。この段落の終わりに田村は、先の老婆の掌に残った顔のくだりを受けて、リルケのことばをもう一度引く。「僕（リルケ）は「マルテの手記」といふ小説を凹形の鋳型か写真のネガテイヴだと考へてゐる。かなしみや絶望や痛ましい想念などがここでは一つ一つ深い窪みや線条をなしてゐる」と。「詩人の眼」で見るとは、石を投げて還ってくる音を待つこと、その時間に耐えることである。その眼は「眼に見える一切のものよりはほんの少し大きい」テスト氏の眼に酷似している（資料10）。

「手紙」の三つ目の段落は「「囚人」を読んで、これでは、もう僕に詩は容易につくれぬと観じた「憎悪に似た困雑」とは、実に「囚人」を支へつくす君の精神と肉体との一元性にあるのではないか」ということばではじまる。「憎悪に似た困雑」とは前年秋に「囚人」を受けとった田村が三好に宛てた返信に書いたことばのようだ。「手紙」の初めの段落に記したことへの確認である。

田村はここでも詩作に際しての精神と肉体の不可分な一体化の必要性にこだわる。多くの詩人たちの作品は、精神という抽象世界に立つか、あるいは肉体という生理的な世界を基盤にしているに過ぎない。しかしこれには納得しない。精神とはいわば肉体の象徴的な存在、つまり一層馴化された生きものであり、肉体はその生きものの抵抗を敏感に表象せずにはおかない実体であるから、両者を対立せしめたところで認識という怪物からわれわれは救われず、三好は vie の犬を実証するために無償の作業をつづけなければならない。しかし精神と肉体をことさらに区別し対立せしめているのは田村自身ではないのか、と下から顔を覗き込む向きがないとはいえない。もし肉体を精神の一システムと観ないのであれば、そして精神を肉体の純化された生きものと信じないのであれば、「生身を削るのが僕の仕事さ」というテスト氏の鈍い声も世間一般の感傷に過ぎなくなる、と田村は思い煩う。

田村隆一

田村はここでもう一度「マルテの手記」を開く。そして、この一冊はリルケの唯一の小説というよりも唯一の詩論だと思う。そのことを証す「マルテの手記」の一節「僕は詩をいくつか書いた。しかし年少にして詩を書くほど、およそ無意味なことはない」ではじまる長い文章を引用し（資料11）、ここにvieの犬を産み出さなければならない製作過程の一切があるという。

三好よ、君は石を投げた。音が再び君の内奥に還ってくる長く切ない時間。君はその時間に耐えなければならない。忍耐は重要な詩論の一章なのだ。「どこからか、かすかに還ってくる木霊、私はその秘密を知つてゐる」。君の内奥で犬が吠えはじめる。その犬を見た僕の異様なおどろきを君は見てくれるかどうか。

「この間Aに会つた。君の「囚人」について、彼は巧妙にエリオットの詩句を引用する。『犬をよせつけないやうにした給へ、あいつは人間の味方だから』僕らは黙つて別れた」。「手紙」はこの数行で終わっている。Aとは「橋上の人」の作者鮎川信夫（一九二〇―八六）にほかならない。vieの犬はエリオットの「荒地」の七十四行目に現れる「犬」とかかわりがあるわけはなかろう。vieの犬に余りに深入りし過ぎると自分の詩が作れなくなるよ、というほどの意味でAは軽く言ったのかもしれない。

のちに「荒地」を訳した中桐雅夫（一九一―八三）は「ここでの犬は人間中心主義の象徴であり、超自然性、神性を排除する。だから犬は埋葬神の屍体をほじくり出し、生命の復活を妨げる。それで近づけるなというのである」（要約）と述べている（『荒地詩集1953』）。そこまで説明があると荒地の犬をvieの犬につい接近させてしまうが、しかし、あの忠実な犬もまた人間の属性の一部であり、人を頼れぬ、味方にできぬのであれば、犬にも心を許すまいぞ、とその一行を詩句の文脈から切り離して読みとるほうが面白味がありそうだ。

次に、それでは「囚人」はいつ作られたのかという関心事に目を向けておきたい。「手紙」の記述によるとこの詩は終戦年の秋に手書きして田村に送られている。それゆえ「新詩派」第一号に「手紙」が載った当初は、おそらく戦時中に詩の想が練られ八月の終戦日ののち一篇の詩として完成したのではないかと推察された。「囚人」こそ最初期の戦後詩であり、戦後詩の象徴だとみられたのも無理はない。しかし近年の考証によって、じつはそれよりも以前、一九四五年四月に数部だけタイプ印刷されたことが分かっている。

「囚人」は戦時末期の終戦年四月に三好の作成した誌名のないタイプ印刷誌（無題の「小冊子」）に収められた。これには筆名「猟人」を用いた三好の「囚人」のほかに、中桐雅夫「焔」、衣更着信「かつての旅のやうに」、疋田寛吉「若き火」、そして鮎川「鏡」の五篇が載せられ、カーボン紙を挟んで和文タイプで複写した五部ほどを作者たちに配布したにすぎなかったという。[11、12] この小冊子の「囚人」を田村宛に手書きして送り、それを田村が「手紙」の冒頭に置いたと考えられ、両者にほとんど差異はない。（むしろ「囚人」は「荒地」に再掲載された際に連の配分や表記の更新の跡が些少ながら認められる。）それゆえ「囚人」は「新詩派」掲載の田村の「手紙」を通じて事実上世に披露されたとみることができる。

では戦時下の三好の生活状況はいかようなものであったか。まず略年譜その他[10、13]を参照してそのことをざっと眺めておこう。

一九三九（昭和一四）年四月（十九歳）早稲田専門学校政治経済学科に入学、夜学に通うかたわら昼間は牛込区役所に勤務した。四一年十二月（二十一歳）同学科を戦時繰り上げにより卒業、徴兵検査で丙種合格、胸部疾患のため徴兵延期となった。四二年十月（二十二歳）小西六写真工業経理課に入社（四八年まで）。四三年（二十三歳）難波律郎と詩誌「故園」を編集・刊行（発行者は小川富五郎）。四五年八月（二十五歳）に八王子市の空襲により生家を焼失した。療養生活に入ったが、薬に頼れない自然療法では根本的な治療に至らず、終戦後の十二月に鹿島の白十字農園療養所に入った。しかしここでも食糧難で空腹に耐えかね、翌年三月父の実家へ行き、五月には八王子へ戻った（資料12）。

右に出てくる無題「小冊子」は、先年開催された「没後30年　鮎川信夫と「荒地」」展（二〇一六・五・二八―七・一八、神奈川近代文学館）に展示され、私も幾人かの同行者とともにそれを実見することができた。個人蔵とあるその冊子は遺族の了解を得て展示されたものという。タイプ印刷の文字はたいへん鮮明で、保存状態もよかった。「これらの小冊子は一部ずつ確保して戦災をまぬがれ、戦後も目にした記憶があるが、いつの間にか紛失してしまった」と三好は記しているが[11]、後日、遺品の整理によって見つかったものだろう。

「戦争末期に、三好によって産み出された「囚人」「壁」、それにあの奇妙な透明体のグロテスクな散文詩群ぐらい、戦争から還ってきたぼくを熱狂せしめた作品はなかった」と田村に言わせたこれら二作品は前述のとおり共に「新詩派」第一号（一九四六年六月）に掲載された。さらに田村は、自分が生き残りの仲間とともに創刊した「荒地」の産みの親は「蒼ざめたvie の犬」にほかならず、しかもその犬はその後もたくましく生きてわれらを先導してやまない、とまで明言している[10]。

田村が「手紙」の表題に添え書きしたヴァレリーのことばは平林の脳裡にも深く刻印された。再三引用しているにとどまらず、近刊の詩集『ツィゴイネルワイゼンの水邊』（思潮社、二〇一四年）に収めた「幸福」と題した詩のなかでも「人間ともろもろの事物の間に横たわる断絶を埋めるのは／何よりも自分自身を驚かす言葉しかない／詩とはこれか／諸君　タムラを読もう　もう一度」と言わせている。

岡田芳彦にとっても「手紙」は衝撃であったようだ。「一九四六年の詩人たちの仕事　夜明けの仄暗さ」（「ＦＯＵ」第九号、四六年十二月）に岡田は書いている。「「手紙」に秘められた詩人の呻きは、そのまま若い詩人すべてに通じる。また彼（田村）に送つてきたといふ三好豊一郎の「囚人」は誰もが示すことのできなかつた人間の絶望を全身で表現してゐる。われわれはこの詩を読んだときの驚愕を忘れることはできない。一九四五年秋に送られてきたといふ「囚人」以上にわれわれを感動せしめるものにその後逢はない。その理由は友人としての田村の「手紙」の中に書き尽してある」

後日、詩人Ａこと鮎川信夫はこんなことを書いている（「圍繞地――現代詩について」、「純粋詩」第二巻第四号、四七年四月）。「「囚人」は単なる一存在に赴くのではなく、全存在に向ふ。無形のものと有形のものの繋がり、持続してゐるものと単に其処に或るものの関係、精神と肉体の同一性、言葉が喚起する意味と影像が、全存在を埋めてゐる。これほど言葉によつて存在が満たされてゐる世界は殆んどない。

沈着に冷静に一行から一行へ進むと言つても、その間にどれだけ多くの言葉が葬り去られてゐるか。しかも一番困難なのは、無用の言葉を葬るといふことではなく、きりすてた言葉、ペンで書き消した意味、影像を、はつきりと決定しようと思ふ語句の中に塗りこめることである。「囚人」の背後には、全ての言葉の運動が『Vie の犬』といふ一つの中心に向つて進む間に葬り去られた言葉が真黒に塗りこめられてゐる。言葉の死臭の中から突出してきた『Vie の犬』が我々を悩まさぬ筈がない。戦争中にこんな詩を書いてきた詩人を、人は何と注釈するであらうか」

この章を終わるに当たり、三好豊一郎作「壁」を、これが最初に発表された「新詩派」第一巻第二号（四七年七月）から引いておこう。「壁」もまた戦後に発表されたが、「新詩派」に載った田村、鮎川の作品と同様に終戦前に完成した作品とみられる。「囚人」のほうは先に記したとおり、まず誌名のないタイプ印刷誌に発表され、戦後「新詩派」に発表された田村の詩論「手紙」に引用され、のちに「荒地」に再掲載された。これに対して「壁」はまず「新詩派」に掲載され、のちに詩集『囚人』に組み込まれた。二篇の詩の詩境が似通うことから憶測して、「壁」は「囚人」に近い時期に作られたと想像される。しかしその証しはない。「壁」の固く凝縮された全体像や詩想の明快さは「囚人」を上回っているのではないかという見方もできる。個人的な好みからいえば、私は〝vie の犬〟によって読み手を眩惑しかねない「囚人」よりも、わずか十六行からなる「壁」の硬い歯応えに、より強く惹かれる。

壁　　　　三好豊一郎

壁——独り居の夜毎の伴侶
壁の表に僕は過ぎ去つたさまざまの夢を托す
壁の表では奇妙な影が延びたり縮むだりしてしばし
　ばかなしく形を変へる

壁は曇つたり晴れたりする
ある曇天の日の曠野の片隅を
小さな影がとぼとぼ歩いてくる
影はだんだん大きくなる
　（どうやら口もありさうだ　それから目も）
起きあがつて　僕は彼の手を握る　つめたい掌を
疲れたとかすかな声で彼は云ふ
入れかはつて　僕は
壁の中へ這入つてゆく。

資料9

「新詩派」第一巻第一号（一九四六年六月発行）掲載の田村隆一「手紙」の全文。

「手紙　一九四六年早春　田村隆一

——人は自分以外のものを驚かさうと企ててはならない。
ヴアレリイ

囚人　三好豊一郎

真夜中　眼ざめると誰もゐない——
犬は驚いて吠えはじめる　不意に
すべての睡眠の高さに躍びあがらうと
すべての耳はベツトの中にある
ベツトは雲の中にある

孤独におびえて狂奔する
とびあがつてはすべり落ちる絶望の声
そのたびに私はベツトから少しづつずり落ちる

私の眼は壁にうがたれた双ツの穴
夢は机の上で燐光のやうに凍つてゐる
天には赤く燃える星
地には悲しげに吠える犬
（どこからか、かすかに還つてくる木霊）
私はその秘密を知つてゐる
私の心臓の牢屋にも閉ぢ込められた一匹の犬が吠えてゐる
不眠の蒼ざめた vie の犬が。

⁂

三好豊一郎へ

君の身体の具合はどうか……日毎、君の「囚人」といふ詩を想ふにつけ、どうか無理をしないやうに、少しでも良くなつてくれるやうにと、僕は念じるより術はない。いはば、君の詩に関する批評とは、君の肉体に示す僕の関心なのだ。君の肉体とは、僕にとつてかけがへのない精神だ。精神の純潔とは、君には唯一の肉体の病理学だから、精神への絶えざる努力とは、君にとつて肉体に刻む痕跡だから……君は熱の目盛を読むやうに精神の波動数を瞶めるだらう。さうして、精神の勾配に抵抗を感得するやうに君は肉体といふ微妙にして精緻なシステムの裡に生の成形を見てしまふ……

精神と肉体とを一元的に要約して、君にとつて唯一の場（それは君の自我だ）に集中すること、即ち無償の作業によつて、詩といふ無用にして命とりの生きものを彫琢し、君から vie の犬を産み出さねばならぬ仕事、そして更に君が犬をみてしまつたといふ事実が、犬の実証を君に要求する体の強ひられた仕事に、僕は衝きあたるのだ。これは随分不幸なことに相違ない。他人を愕かす為に、表現に憂身をやつす世の幸福な詩人たちにくらべたら。……だが恐らく君の不幸が終る時は、詩といふ馬鹿気た代物に君は訣別するがいい。宿命といふ現代人に苦手な言葉は、さういふ逆説的な事態を鮮明に証明する為にこの世に在るやうだ。

⁂

「僕はまづここで見ることから学んでゆくつもりだ。何のせゐか知らぬが、すべてのものが僕のこころの底に深くしづんでゆく。」これはリルケの「マルテの手記」の一節だ。マルテが見ることを学ばねばならぬ不幸な秘密に僕が躓く迄には、丁度君がカフカを熱読して以来、「囚人」を書くに要した同じ時間だけ僕には必要だつたらしい。「秘密に躓く」と僕は書いたが、秘密を解明したとは決して言はぬ。解かれた秘密に何の意味があらう。秘密はマルテの魂であり、詩人といふ極めて曖昧な生きものの存在を実証する唯一の制作原理ではないか。秘密を解明しようと試みた杜撰な知恵が多数の詩人たちに見ることを学ばせなかつたのだと僕は想ふ。彼らは雑多な詩作理論を心得たかはりに、唯一の制作原理を持たなかつたのだ。つまり彼等にとつて詩は詩作理論の論証されたものに過ぎず、詩を制作するといふ事が実証を強ひられた不幸な仕事ではなかつたのだ、と僕は考へる。さふいふ幸福な人たちは次の「マルテの手記」の一節に、世の偉大な精神たちが常に背負はねばならぬ偏見を、これも又過大に背負はされてしまつた「リルケ」といふリリカルな表現形式だけを見て、ものを見ることを学ばねばならぬ強靱なリアリストの怪物じみた眼を見失つてしまふ。「しかし、あのときの女。あの老婆はまるで身体を二つに折つたやうに腰をまげて歩いてゐた。（略）僕はその老婆をみると、跫音をしのばせて歩きはじめた。（略）ところが、町はひつそりしてゐる。ものしづかに飽き飽きしていたらしい舗道は僕の跫音を竊みとつて、つひ退屈さのあまり木靴のやうにからからと打ちならしてしまつたのだ。老婆は驚いて上半身をおこした。あまり素早いあまり急激な身体のおこしやうだつたので、老婆の顔は両手のなかに残つてしまつた。僕は老婆の手の中に残された鋳型のやうな凹んだ顔をみたのである。」これはもう、新規な表現、独創的な方法を試みるといふやうな文学上の問題ではなからう。或は通俗的なロマンチスムがさういう仮象を求めたのでもあるまい。僕は信じるよ、事実ああいふ事がひつそりした町で起つてしまつたのだと、老婆の掌の中に本当に凹んだ顔をマルテは見てしまつたのだと。マルテは在りさうに見たのでなければ、表現したのでもない。見ることを学ばねばならぬ不幸な人の眼を逆に事実が捕へたのだ。虚妄だと君は言ふまい。リルケの文体の独特な美しさは「美しい文体をつくる」といふ架空の観念に在るのではなく、見てしまつたものを見事に実証した結果に在る。実証されたゆえにリルケの文章がああまで独特な美しさを持つたのだといふ事、これはロマンチストにはなかなか理解されないな。表現といふ詩人の命がけの問題も実証することを離れて何の意味があるか。「他人を愕かす為に」とロマンチストは呟く。リルケの文学上の位置に於ける特異性について語つたり、リルケの比類ない表現を賛美することは容易だが、極めて少数の不幸な人を除いて、大多数の幸福な詩人たちが見なかつたものをリルケが見てしまつたといふこと――僕はさういふ強靱な「詩人の眼」について率直に愕かされるのだ。日本に於ける、西欧から移入された近代詩の運動は、ボードレールの眼を、マラルメの眼を見ないで、西欧詩人達の比類ない秘教的な表現に愕かされた結果に過ぎなかつたのではないか。仏蘭西のサンボリストと一括して呼ばれた詩人たちが、絶対的な世界を如何にして確実に現出せしめることが可能であるか、そしてそれを如何に実証するかといふ命題を試みる為の言語の純粋化も、日本にきては、曖昧朦朧とした言語の幻覚性、表現の神秘性といふまるつきりやくざな代物に解釈されてしまつたのも「詩人の眼」を見逭した所以だと僕は惟ふ。

それ以後の日本に於けるモダニズムの運動も、強靱な「詩人の眼」を追放して、ロンドンタイムズを抱へて銀座を歩いてゐる弱貪のインテリゲンチヤーの眼玉――岩波文庫を読むやうに人間性の危機を咥へた眼玉、花ならばすべて青い花に見えるロマンチツク病の眼玉、シヤボン玉のやうな純粋性を見なければ文化的とは申されぬ眼玉を嵌込んだ迄のことだ。僕も一生懸命そんな眼玉を顔につけて、歩き方の練習をやつてみたが、所詮ガラス玉はガラス玉で、他愛なく vie の犬に喰はれてしまつたらしい。

石を投げれば、きまつて何処からか音が還つてくるやうに、「詩人の眼」で一度見られてしまつた諸事象は、必ず僕らの内奥に還つてくる。僕らの内奥には、絶えず痕跡を刻むもう一人の詩人が棲んでゐるからだ。僕らが彼を「批評」とも、「認識」とも呼ぶのは勝手だが、僕らが生きてゐる限り彼は絶え間なく痕跡を忠実に刻むまでだ。リルケは「彼」の仕事を「マルテの手記」にしてしまつた。リルケは言ふ『僕は「マルテの手記」といふ小説を凹型の鋳型か写真のネガテイヴだと考へてゐる。かなしみや絶望や痛ましい想念などがここでは一つ一つ深い窪みや線条をなしてゐるのだ。』と。「荒地」も文化の形成も社会秩序の根底をなす人間の意識も様々の思想も、それらは僕らの外部に石くれのやうに転がつてはゐなからう。「詩人の眼」で瞶めるとは石を投げて還つてくる音を待つこと、さういふ時間を耐えることだ。「詩人の眼」はさうだ、「眼に見える一切のものよりはほんの少し大きい」テスト氏の眼に酷似してゐる。

⁂

去年の秋、無言で君が送つてきた「囚人」を読んで、「僕は詩を制作《つく》ることに、憎悪に似た困難を覚える。」と君に手紙を書いたことがあつたな。君は覚えてゐるかしら君の真摯性とは――つまり僕が「囚人」を読んで、これでは、もう僕に詩は容易につくれぬと観じた「憎悪に似た困難」とは、実に「囚人」を支へつくす君の精神と肉体との一元性にあるのではないか。大多数の幸福な「見ないで済む」詩人達の作品は、「精神」といふ抽象的な世界に立つか、或は「肉体」といふ極めて生理的な世界を地盤に持つてゐるかに過ぎない。前者を理知的な詩人と呼び、後者を抒情的な詩人といふ、なんといふ無邪気な考へ方だらう。

　僕は納得しない。精神とは、いはば肉体の象徴的な存在――即ち一層純化された生きものだし、肉体とはその生きものの抵抗を敏感に表象せずには措かぬ実体だから、肉体と精神とを哲学者流に対立せしめたところで、認識といふ怪物から僕らは救はれまいし、やはり君は vie の犬を実証する為に、無償の作業を続けなければならぬのだ。もし肉体を精神の一システムと観じなかつたら、もし精神を肉体の純化された生きものと信じなかつたら、『生身を削るのが僕の仕事さ』といふテスト氏の鈍い声も世間一般の感傷に過ぎぬ。僕は vie の犬をまざまざと見た。犬は確実に呼吸して生きてゐる。この粗雑な僕の感想文に、犬を見た僕の異様な愕きを君は見てくれるかどうか……　「マルテの手記」はリルケの唯一の小説といふよりも、唯一の詩論だと僕は想ふやうになつた。ここに見事なリルケの一節がある。ここに在るものは、僕らが「vie の犬」を産み出さねばならぬ制作過程の一切なのだ。

『僕は詩をいくつか書いた。しかし年少にして詩を書くほど、およそ無意味なことはない。詩はいつまでも根気よく待たねばならぬのだ。人は一生かかつて、しかも出来れば七十年或は八十年かかつて、まづ蜂のやうに蜜と意味とをあつめねばならぬ。さうしてやつと最後に、おそらくわづか十行の立派な詩が書けるだらう。詩は人の考へるやうに感情ではない。詩がもし感情だつたら年少にしてすでにありあまる程持つてゐなければならぬ。

　詩はほんとうは経験なのだ。一行の詩のためには、あまたの都市、あまたの人人、あまたの書物をみなければならぬ。（略）それらをみな詩人はおもひめぐらすことが出来なければならぬ。いやただすべてをおもひ出すだけなら、実はまだ大したことでないのだ。一夜一夜がすこしまへの夜には似ない夜ごとの閨のいとなみ。産婦のさけぶ叫び。白衣のなかにぐつたりと眠りにおちて、ひたすら肉体の恢復をまつてゐる産後の女。詩人はそれをおもひでに持たねばならぬ。（略）しかもかうした追憶をもつだけなら、まだ一向何のたしにもなりはせぬ。追憶がおほくなれば、つぎにそれを忘却することが出来ねばならぬだらう。そしてふたたび思ひ出がかへるのを待つおほきな忍耐がいるのだ。想ひ出だけでは何のたしにもならぬ。追憶が僕らの血となり、眼となり表情となり、名まへのわからぬものとなり、もはや僕ら自身と区別することが出来なくなつて、初めて、ふとした偶然に、一篇の詩の最初の言葉はそれら想ひ出のかげからぽつかりうまれて来るのだ。』君は石を投げた。音が再び君の内奥に還つてくる迄、想へば随分長い切ない時間だつた。君はその時間を耐へなければいけない。（忍耐とは僕にとつて、重要な詩論の一章なのだ）音が還つてくる。『どこからか、かすかに還つてくる木霊、私はその秘密を知つてゐる』君の内奥で犬が吠えはじめる。突然第二の現実が君の眼前にはじめて現はれる…いまや、第二の現実を見ることが出来るのは君の「詩人の眼」だ。さうして、「詩人の眼」に瞶められるのは『不眠の蒼ざめたvieの犬』だ。……だが蒼ざめるのは犬とは限らぬ。恐らくvieの犬を見てしまつた君を以前にも増して襲つてくるものは、不眠の夜ではないか、眠られぬ生きものの夜ではないのか。……

この間Aに会つた。君の「囚人」について、彼は巧妙にエリオットの詩句を引用する『犬をよせつけないやうにし給へ、あいつは人間の味方だから』僕らは黙つて別れた。

四月四日」

資料10

「手紙」に二か所ある『テスト氏』からの短い引用は、小林秀雄訳『テスト氏』（創元社、一九三九）によるとみられるが、ここにはそれらの前後の文を、読みやすさを考慮して最新の清水徹訳『ムッシュー・テスト』（岩波文庫、二〇〇四）より引く。この一冊はポール・ヴァレリー（一八七一―一九四五）が二十歳代半ばに発表した唯一の小説集で、数篇の短い小説と断章からなる。

「彼（ムッシュー・テスト）は自分の眼ではほとんどなにも読みません。ふしぎな眼の使い方をしている。（略）内的でもあり、独特でもあり……、普遍的でもあり!!! とても美しいのです、あのひとの眼は。あの眼は、眼に見えるどんなものよりもほんのすこし大きい。そこが好きです」（「マダム・エミリー・テストの手紙」より）。なお、「ムッシュー・テスト航海日誌抄」には彼自身の言葉として「わたしの見るものがわたしを盲目にする。わたしの聞くものがわたしを聾にする。この点ではわたしは知っている、というそのことが、わたしを無知にする。（略）わたしの眼に見えるすべてをとり除いてほしい」とある。

「以下は彼（ムッシュー・テスト）の言葉である。「二十年来、もう本をもっていない。自分の書いたものも焼いた。わたしは生ま身の自分を推敲するのです……　残したいと思うものだけを記憶に残すのです。でも一番むずかしいのはそういうことではない。明日になったら欲しがるものを、いま記憶に残しておくことです！」」（「ムッシュー・テストと劇場で」より）。「生ま身の自分を推敲する」のもとの文は両義的で、別の訳文もなりたつとのこと。詳細は訳注を参照されたい。

付言すると、この小説集の「友の手紙」と「マダム・エミリー・テストの手紙」は発表の当初ともに単に「手紙」という表題であったという。田村の「手紙」に符合していて興味を覚える。「友の手紙」にはこんな文章もある。「手紙というのは文学です。何ごとも底の底まで掘りさげてはいけない。これが文学のきびしい掟なのです。これはまた、みんながまもっている誓いでもある。あたりすべてを見わたしてごらんなさい」

資料11

田村の参照した文は大山定一訳『マルテの手記』の旧版（白水社、一九三九）とみられるが、ここでは読みやすい新表記の改訂版を用いる。省略部分は田村の文に従っている。

「僕は詩も幾つか書いた。しかし年少にして詩を書くほど、およそ無意味なことはない。詩はいつまでも根気よく待たねばならぬのだ。人は一生かかって、しかもできれば七十年あるいは八十年かかって、まず蜂《はち》のように蜜《みつ》と意味を集めねばならぬ。そうしてやっと最後に、おそらくわずか十行の立派な詩が書けるだろう。詩は人の考えるように感情ではない。詩がもし感情だったら、年少にしてすでにあり余るほど持っていなければならぬ。詩はほんとうは経験なのだ。一行の詩のためには、あまたの都市、あまたの人々、あまたの書物を見なければならぬ。（略）それらに詩人は思いめぐらすことができなければならぬ。いや、ただすべてを思い出すだけなら、実はまだなんでもないのだ。一夜一夜が、少しも前の夜に似ぬ夜ごとの閨《ねや》の営み。産婦の叫び。白衣の中にぐったりと眠りに落ちて、ひたすら肉体の回復を待つ産後の女。詩人はそれを思い出に持たねばならぬ。（略）しかも、こうした追憶を持つだけなら、一向なんの足しにもならぬのだ。追憶が多くなれば、次にはそれを忘却することができなければならぬだろう。そして、再び思い出が帰るのを待つ大きな忍耐がいるのだ。思い出だけならなんの足しにもなりはせぬ。追憶が僕らの血となり、目となり、表情となり、名まえのわからぬものとなり、もはや僕ら自身と区別することができなくなって、初めてふとした偶然に、一編の詩の最初の言葉は、それら思い出の真ん中に思い出の陰からぽっかり生れて来るのだ」

資料12

三好豊一郎の回想は次のように続く[11]。

「この間、鮎川、田村、北村は入隊し、私も東京へ出ることは殆どなく、八王子にいて、小川富五郎など八王子の詩友と「故園」という薄い詩誌を、昭和十七年秋から十八年秋まで三号出した。鮎川信夫「橋上の人」と田村隆一、岡崎清一郎の詩を、一篇ずつ寄稿として載せた。私の家の前の小さな藤田印刷店がめんどうを見てくれたが、十八年秋には軍需工場へ徴用されて、藤田印刷店は店を閉じ、私も、徴用の来る前にとすすめる人があって小西六の日野工場に入った。

ここは航空写真用のフィルム製造のせいか比較的のんびりしていて、周囲に馴れてくると、私は和文タイプ室へ出かけては雑談し、タイプ嬢にカーボン五枚はさんで打ってもらって、一号五部十頁くらいの詩のパンフレットを、二号か三号ほど作った。ここには私の「囚人」鮎川信夫の「雨に作られし家」中桐雅夫の「正午」疋田寛吉「青銅」などを載せた記憶がある」

実物を手許からなくしてしまった三好の記述にいくらかの記憶違いのあるのはやむを得ない。三好は牟礼慶子への手紙にも「昭和十九年私も徴用で小西六写真日野工場に入りました。そのとき庶務のタイピストに頼んで複写タイプで四、五部記録的に「荒地」諸友の作品をまとめ各人に配りました、この冊子には題名はありません、(略)これは対外的なものでなく内部の記録で執筆者以外に配る部数の余裕はありませんでした」と記している(牟礼慶子『鮎川信夫からの贈りもの』思潮社、二〇〇三)。

8　詩は物語る絵画か
──「純粋詩」創刊号から通巻第一〇号

　終戦の翌春「新詩派」と同時期に創刊された関東の有力詩誌に「純粋詩」がある。この詩誌の編集発行者は福田律郎（一九二二─六五）である。「苦悩のとき──「純粋詩」創成のころ」（「詩学」一九五七年十月号）と題した福田の回顧談には、この詩誌の創刊を思い立ったのは終戦直後の九月初めとある。福田には戦争が終わったら「日本詩壇」（三三・四─四四・四）の主な同人を集めて新詩誌を出したいという考えが戦時中からあったので、「純粋詩」創刊の計画にすぐに踏み切れたという。

　「新詩派」を出した平林敏彦の回想によると、終戦の年の十月に入って数日後（九月半ばという話もある）地元紙の神奈川新聞が記者を募集している広告ビラを見つけて面接に行き、めでたく採用されて翌日、編集局に出勤して先輩記者の吉田善彦に出会い、福田律郎が新同人誌を計画中であることを知らされたという。吉田は「日本詩壇」で福田らの仲間であり、のちに「純粋詩」に加わるが、「新詩派」創刊同人にもなった。ここでの福田と平林の回想は時期的にもよく符合し、ともに戦争終結の直後から新同人誌刊行の企画が具体化していたことを示している。これは終戦翌年の早春に創刊された他の詩誌、「鵬」「新詩人」「近代詩苑」等についても当てはまる。実際の創刊の時期に差が生じるのは構成員や地域差などさまざまな事情が絡んでいるせいだろう。

　福田のいう苦悩の一つに印刷所を見つけ出す難しさがあったようだ。終戦の年の冬、最初の集の原稿はすでに三か月前から預けてあるというのに、鋳造機がなくて印刷に取りかかれない印刷所に幾度も通って催促する。そうこうしているうちに第二集のほうが新聞社の印刷機を借りて先に発行されることになった。これが三月発行の創刊号になってしまった。それゆえ「横綴ギリシヤ聖歌隊のレリーフを表紙とした」創刊号は、じつは第二号をあわてて仕立てたものだった。こういう目で第一、二集を読むとよいだろう。

周知のとおり戦時中の出版物は政府直属の情報局や特高警察によって事前に検閲されたが、これがポツダム宣言受諾後にはすべて開放されて言論の自由が戻ってきたかというと、そうではなかった。新たな言論統制がGHQによって実施された。このあたりの具体的な有様を福田は回顧している。

「私たちはゲラ刷りをもつて（マッカーサー司令部の検閲を受けるべく）NHKの六階まで足を棒のようにして上がらねばならなかつた。だだつぴろい部屋で小半日も待たされたものである。「純粋詩」の第三集に笹沢美明が書いた「戦争中も幅をきかしていたものが戦後にわかに民主々義者ぶつて過去の悪口をいい歩く軽薄な風潮に我慢がならない」といつた主旨のエッセイの七行あまり、それと、小野連司が、太平洋戦争を「大東亜戦争」と書いたことが検閲にひつかかつて削除を命ぜられた」。まさかこの程度のものがと思い、すでに印刷までしていたので、組替え刷り直しに余計な日数と費用がかかり、とてもこたえたそうだ。

福田律郎は東京浅草の生まれ、府立七中、文化学院に学び、一九四一年に「日本詩壇」（吉川則比古編集）に加入した。この詩誌は日本書房から一二四冊を出し、戦後四九年に再刊して五七年までつづいた。この間、福田は四三年四月に詩集『立体図法』（日本詩壇発行所）を出している。終戦早々、福田は「日本詩壇」以来親交の深かった函館の小野連司（一九一八—七八）と連携して「純粋詩」創刊を目指し、小野の推挙により人脈の広い秋谷豊（一九二二—二〇〇八）を誘った。これに「日本詩壇」同人であった瀬木次郎、入江元彦、脚雄《あしつよし》、房田由夫などが加わった。

「純粋詩」創刊号（第一巻第一号）は四六年三月一日発行となった。横長B6判四十八頁。奥付によると編集発行者は福田律郎、発行所は市川市中山（福田の住所）の純粋詩社。終わりのページに新発足の弁があり、福田、瀬木、秋谷、小野、房田、石塚福治の六人が連名になっている。同じページの「編輯後記」には「当誌の編輯方針　1 詩の学問的研究、2 新詩人の育成、3 世界詩壇の紹介」とあり、「当誌は権威ある詩誌としてその編輯に当つて」とか「次号からは「次期の詩人に希望する」のエッセイを詩壇の諸大家より御寄稿願ふ」と、少々固い文が並ぶ。詩誌名をポール・ヴァレリーの「ポエジー・ピュール」から採ったという「編輯後記」の一言はよく知られている。「純粋詩」では創刊に際し、このように「大家」の寄稿を積極的に依頼しているが、このあたりは「新詩派」といくらか趣が異なる。後者では若い自分たちだけで詩誌を創刊することを基本としたが、同人内での大議論の末、戦後派の若手だけでは新詩誌の維持は無理があろうとの見通しから「先達詩人」との協調に踏み切った経緯がある。

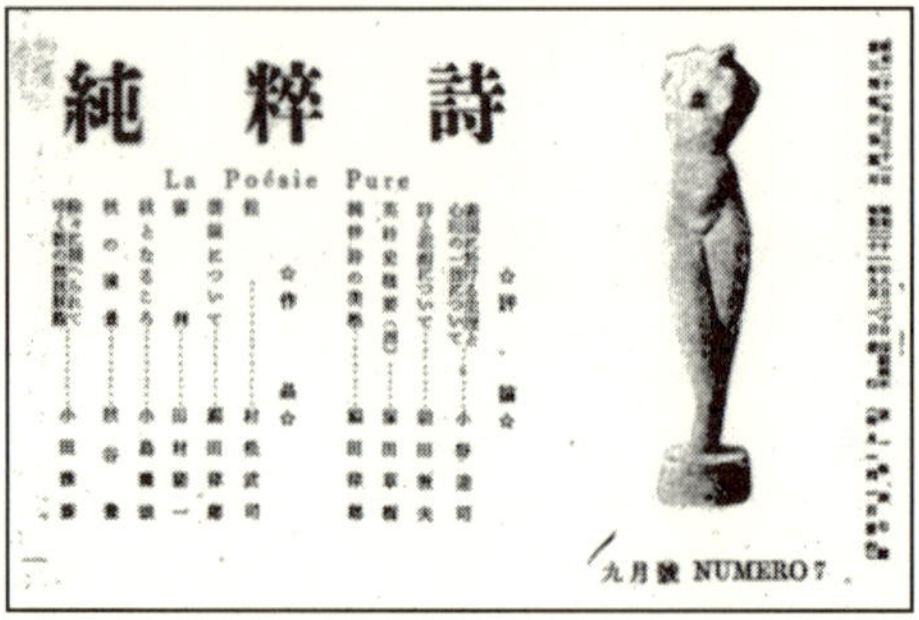

「純粋詩」第7号（1946年9月）

創刊号の巻末には吉川則比古（一九〇〇—四五）が前年五月に病没したことを記している。吉川は詩誌「日本詩壇」の編集を約十一年にわたり主導した。この詩誌は当初は「公器的性質を帯びた全面的詩誌」の実現を目指し、幅広い寄稿者の名を揃えたが、翌年、発行者が東京の日本書房から大阪の日本詩壇発行所（吉川の自宅）に移され、以後しだいに吉川が編集の中心となって、関西の詩誌という色彩を強めていく。福田は一九四一年に「日本詩壇」に拠り、時を同じくして小野もこの詩誌に加入して終刊まで多くの作品を寄稿した。

創刊号の目次を見てみよう。詩作品を岩佐東一郎、村野四郎、安藤一郎、寺田弘、石川武司、小野、小島禄琅、脚、福田、瀬木、秋谷、房田、並木圭子、吉田善彦など三十一篇が並ぶという盛況ぶりである。創刊に先立ち福田は新聞広告を通じて全国から二百人近い会員の応募があったと言っているが、こうした会員の作品もこのなかに含まれていよう。これに加えて論評には菱山修三「二日目——詩についての断片的覚書」、福田「技巧に関する二つのエレメント」、秋谷の「詩壇時評」、大滝清雄の随想、北野浩山の俳句が載る。

福田の「技巧に関する二つのエレメント」は「一切の事実にあつて意識内容として与へられる物理的事実

とこれと関連ある生理的事実とは同じ現象の二つの異つた種類の現れでこゝから感情及び意志の総和である理念の衝動力が出て来る云々」というイタリア実証主義哲学者ロベルト・アルディゴの文章を引用してはじまる。個々の文意はよく解るのだが、全体としては難渋の極みで、何を主張しているのかどうも判然としない。芸術技法の二つのエレメントとはどうやら経験と感情ということらしい。おそらくこれは福田が戦時中に書きおいた文章に違いないと想像する。西洋の思想書、芸術書を独り読み耽り、その思いを文章にして、国民が軍部の言論統制から開放されるまでの日々を耐えていたのだろう。

また秋谷は「詩壇時評――新人への期待」で、戦後最初期には誰もがそうであったように現代詩の行く末を悲観して、現代詩はいまや滅びつつあるとさえ思い悩み、新しい時代精神と革新的な技法によって何とか詩を蘇らせる方向を見出したいと模索する。ここではまだ具体性のない物言いしかできないのはやむを得ないだろう。戦後ようやく復刊された半官製の「日本詩」と「詩研究」の最終号の後記にある「本誌には多くの寄稿があったが、いずれも「戦時型」というべきもので、掲載できなかった」との意味の弁明を秋谷は取りあげ、現今の詩人の無力さは、かつての公式主義に采配された無秩序な詩論と政治に追随する愛国詩、国民詩の氾濫が基因をなし、その責任をとるべき既成詩人の究明はいまだなされていない、と嘆息する。

この時期の詩誌新刊の機運も、用紙難印刷難があって思わしい実働が望めず、「純粋詩」のほかはわずかに「近代詩苑」(四六年一月創刊、東京)、「詩風土」(四六年一月同、京都)、「現代詩」(四六年二月同、新潟)を数える程度である。秋谷はほかに近々刊行予定のある詩誌として寺田弘の「虎座」と自身の「地球」をあげているが、「鵬」(四五年十一月創刊、八幡)、「新詩人」(四六年一月同、長野)、「国鉄詩人」(四六年二月同、東京)への言及はいまだない。

じつは秋谷にはこのところ地方から毎月二十冊以上の同人誌を送られてくるが、そのなかから有力なものをあげるとすれば「濤」(函館)、「芽生」(米子)、「詩祭」(秋田)、「詩流」(四国)、「絵本」(三重)になるという、これらを通読してみて感ずるのは、「同人雑誌を以つて単に詩壇への足場とする以上に過去の既成的なものから脱却してそこになんらかの新しき精神或ひは形式を把握せねばならぬ」が、その意欲が欠けていることだ、と秋谷二十三歳の指摘は手厳しい。

以下に「純粋詩」創刊号より詩を一篇。

十一月の田園　　　　福田律郎

霧の霽れた野　野を
横切るせせらぎ　に歪
む　苔た土橋のあたり

枝を伸べ　僅に視野を
支える樹　また　稲の
穂から穂へと渡る　風

あ　茅葺の傾むく　向
ふ　とほい径が見える
系譜　のやうに　白く

乾いてくる　一筋の抽
象に　やがて　退屈な
午後　を用意する　私

第一巻第二号（通巻第二号）は一か月後の四月一日発行。奥付の記載は創刊号と変わらず、詩作品は福田の巻頭詩につづき長田恒雄、野長瀬正夫、大滝、秋谷、瀬木ら三十三名と盛況である。ほかに杜白虅の詩劇「生きて行く群れ（一）」と福田の俳句「業」。

この号の評論の多くは愛国詩、国民詩を主題ないし話題にしている。秋谷の「詩壇時評――現代詩の展開」は前号の主題を引き継ぐ。かつて氾濫した愛国詩、国民詩の大半は文語体で書かれ、なかには浅野晃の万葉長歌体を現代詩と称し、「口語を以つてしては、なかなかに民族の心は歌へない」（江口榛一）という詩論さえあったそうだ。秋谷は、かような詩を書いた「既成詩人」は詩人としての責任において自らの所在を遺憾なく暴露すべきだと訴える。これは終戦翌春の、戦後まだ早い時期での論評である。昨今ではこうした新聞記事的愛国詩や古語濫用国民詩はどこかに埋没してしまって、参照しようとしても片手間の手続きではなかなか出てこない。

小林善雄は「愛国詩以後の問題」で、「戦時中にはすでに実験ずみのメチエを忘れられた時期に提供しただけで、驚くほど新しいものとして評価されたことを反省しよう。それは思想ではなく時流に乗った投機にすぎず」(要約)、詩壇の老大家がいかに木で竹をついだように返り咲いたかを思い起こすべきだという。愛国詩は一種の宗教的な雰囲気から生まれ、しかもその神秘性は詩自体のものではなく、背後の宗教的な神秘性に過ぎなかった。現代詩はそうした夾雑物を捨て去り、かつての純粋詩の古巣、懐かしい故郷に戻ることではなく、新しい設計のもとに本格的建築を目指すべきだが、それは容易なことではない、と小林は考え込む。

他方、小林はこんなことも述べている。「戦争詩を流行の衣裳のやうに身に着け(ていた人物が)、今日早速それを脱ぎすてて、他の衣裳をまとつたとしても、それだけでその節操を非難することは早計だ。我々もまた戦争中、軍と政府に協力し、また協力することを強ひられてきたのである」と。たしかにこれは敗戦国民おおかたの思いに通じるが、ここまで歩み寄ってしまっては、現代詩再生はさらに遠退くだろう。徴兵によって軍に「とられた」ことと、一時の抵抗ののち、または自らすすんで愛国詩、辻詩を表し、結果として若者を「煽った」こととを、一緒くたにしてしまってはどうにもならない。

「詩作態度の革新」で石川武司は、一篇の詩といえども、自分や詩人の仲間に解ればよいという詩作態度は清算されるべきで、そうしてこそ詩の使命と価値は初めて発揮されると主張する。しかし戦後の詩の潮流はこれに添わなかった。ことばのくびきを解かれて、多くの詩人たちはことさらに自由で奔放な詩想と従来の枠組みにとらわれない表現法をひたすら求めたのだった。

岩佐東一郎(一九〇五―七四)は軽妙で風刺の効いた文章で知られるが、今号の「次期の詩人に希望する」も全文を引き写したくなるほどに面白い。が、そうもいかないので、肝心のところを引くにとどめよう。

「詩人は、詩を書く時ばかり詩人でありませんやうに。（略）生活が詩であり、詩が生活であるべく生き抜くことです」「詩作にあたつて、自己の作品の推敲に苦心し恋々とするよりも、常々の生活の内に充分と題材表現の把握に努力」したいものです。

「近代詩苑」（岩佐東一郎、北園克衛）の一月創刊を記念して「詩文化講座」が二月十日に都内で開催された。「プログラムがなかつたため演題に多少の相違があるやもしれず」と断って、出席した福田が講座の概略を述べている。演者と演題は次のとおりである。城左門「近代詩の発生」、笹沢美明「近代詩の展開」、安藤一郎「近代詩の交流」、村野四郎「近代詩の主潮」、神保光太郎「近代詩の現在と将来」。

第一巻第三号（通巻第三号）は五月一日発行。この号は吉川則比古特集として十ページほどの誌面をそれに充て、福田のほかに笹沢、杉浦伊作、瀬木、入江元彦が文を寄せている。評論、エッセイは安藤「次期の詩人に希望する――次期の詩人への言葉」、笹沢「今日の話題――不快なことども」、山形三郎「同――詩に於ける論理性に就いて」、秋谷「詩壇論評――詩誌の一考察」など。詩は近藤東、佐伯郁郎、野長瀬正夫、木下夕爾ほかの十五作品。広告欄に福田律郎詩集『立体図法』（純粋詩社）、秋谷豊詩集『遍歴の手紙』（岩谷書店）、詩誌「地球」（田園書房）と「新詩派」（同編輯所）が載る。

第一巻第四号（通巻第四号）は六月一日発行。評論、エッセイに福田「言葉を周りての対話」、塚田草樹「英詩史概要（一）」、神保光太郎「夜の言葉――次期の詩人への言葉」、石川武司「書評――詩集『天の繭』について」ほか。杜の詩劇「生きて行く群れ（二）」。詩は八束龍平、平林敏彦、吉田善彦、穂苅栄一など十四篇。第一、二号に比べると、それ以後は詩作品を半数ほどに絞り込んでいる。第四号では「鵬」「新詩派」「新詩人」など他誌同人の寄稿が目にとまる。広告欄に詩誌「詩の国」創刊号と「自由律短歌」創刊号（臼井書房）。

第一巻第五号（通巻第五号）は七月一日発行。順調に月刊が維持されている。石川武司「福田律郎論」が第一の力作だろう。ここではまず詩集『立体図法』（日本詩壇発行所、一九四三年）のなかから「画家の絵画に於ける彫刻家の彫塑に於ける制作する以外には何等他の目的を見出し得ない、か丶る意味に於いて私は詩の純粋性を指摘する。（略）芸術の目的を美を制作する形に於いて決定する」の一文を抄出して、福田純粋詩論を紹介する。論者は、つい先頃の戦時にじつに夥しい数の勇壮でときに悲壮な戦争画が描かれていたことを承知していないはずはなかろうが、この一事をあげてみても石川がこの福田論の大半を敗戦の前に書きあげ、のちに終章を加筆して本号に出したことが推察される。石川は、「純粋詩」に発表される福田の新作では、とくに枯淡の域にまで達した抒景詩の静寂さに、ひとつの進境がみられるとしている。

「詩壇時評」はこの号から小野連司に替わった。このところ世間では田中冬二詩の物真似が目立ち、冬二の声帯模写とか九官鳥とか揶揄されているらしく、小野はこれを話の糸口にして模倣ということについて自説を述べる。詩誌や詩篇についての批評はない。冬二の人気はその後も衰えることなく、個人的な記憶をたどってみると、その数年後、私が詩作の真似事をしはじめた頃にも冬二の詩は相変わらず若い人の憧れの的だった。評論、エッセイとしてはほかに塚田草樹「英詩史概要（二）」、笹沢美明「次期の詩人への言葉」、杉浦伊作「詩の表現技術に就いて」、岩佐東一郎「人力車」など。詩は十二篇で、房田由夫の長い詩「田園の祈祷歌」と入江元彦の朗読詩「サイカチ抄」が印象深い。なお第五号には純粋詩社・新詩派社協同主催の「詩のカーニバル」の予告が出ているが、これについてはすでに別項に記した。

第一巻第六号（通巻第六号）は八月一日発行。用紙代高騰のため売価を従来の二円五十銭から三円に値上げした。しかし同時期の「新詩派」に比べるとたいへんな安定ぶりである。巻頭の評論は川崎弘文「短歌発生論」。ほかに評論、エッセイとしては塚田草樹「英詩史概要（三）」、木村利行「私の詩作上の観点に就いて」、横田万年「純粋詩のために」、山田和也「近眼の虫」、小島禄琅「世迷ひごと」。小野連司「詩壇時評」は、この表題に似つかわしい詩壇の事情にほとんど触れていないが、「神をお断りにならなかつた天皇陛下は心からの軍国主義ではなく、そして一度も国民服を着用した姿を国民の前に見せなかった近衛公は白色人種の文化を怖れ、且つ羨望してゐた人であつて（略）あの長髪は、東條の坊主頭に対抗する無言の思想的表示であつた」などと筆を走らせ、また白マスクが戦時に流行したことにも触れていて、現代人の読み物としても退屈しない。横田は「純粋詩のために」で「戦時中、愛国詩を吹奏して味方を死地に陥し入れた、かの勇敢なるラッパ卒の心理を嘲つて、戦後に新しい詩型を模索しつつある一群の黄金狂は、やはり度し難い便乗者乃至文学反動者である。（略）それらの種族がさしあたり濫用するのが、この「（詩の）科学性」なる流行語であることは予見されうる」と述べている。「六月の詩雑誌から」では福田律郎は「虎座」「詩と詩人」「鵬」「詩風土」「新詩派」を取りあげている。

詩は十七篇。ほかに近藤剛規の翻訳英詩。じつは本号は新人特集号で、「編輯後記」によれば、これには五百篇もの作品が集まり、掲載詩の十四篇はそこから選ばれた作であるとのことである。この号の巻末には十九名の「新詩人住所録」を載せている。うえに出た横田万年の名もこの住所録に見える。裏表紙には「純粋詩新人賞」開設の知らせがある。「後記」に福田はこう書いている。「これで六集を重ねたが「純粋詩」という標題に副うべき作品が現れないのは慚愧に堪えない。九月号より面目を一新して酷しい道を歩むことを誓う。そのため作品が月五、六篇になっても止むを得ない」（要約）。

第一巻第七号（通巻第七号）は九月一日発行。これまでの号とは全四十八ページと変わらないが、前号の後記にそれとなく福田の予告があったとおり、執筆者数が極端に抑えられている。評論では小野連司が長篇「表現に於ける生理と心理の一致について」の論考を、文壇、詩壇、民謡・小曲に分けて考察し、さらに福田律郎小論と「岡本かの子文体論おぼえがき」の読後感を加えている。ほかに福田「純粋詩の美学」、前田惇夫「詩と忍耐について」、塚田草樹「英詩史概要（四）」、連載「「純粋詩」論議」など。詩は村松武司、福田、田村隆一、小島禄琅、秋谷豊、小田雅彦の六名。福田自身の五篇の詩を含む作品集「義眼について」や小田の「徐々に捕へられてゆく彼の抵抗状態」などが力作である。しかし、なかでも田村隆一の短い詩「審判」がやはり目につく。

福田は「新詩派」八月号の田村の短詩「石」に衝撃を受けたらしく、「「石」は怖ろしいドグマである」（前号「雑誌評」）と書いているが、感動の醒めやらぬまま読後さっそく田村に接触をとったはずだ。そして本号に「審判」を掲載できた。おそらく、これがきっかけとなって、「後の荒地グループの詩人たち」を「純粋詩」に呼び込むことにつながっていく。その意味合いからこの第七号は「純粋詩」に転機を与えた。作品集と「純粋詩の美学」を載せた本号からは福田の「純粋詩」に懸ける意気込みが伝わってくる。「編輯後記」に福田は次のようにも記している。「当誌は本月からアカデミックな研究誌としての段階に入つた。この方針は「純粋詩」の恒らざる信念である。即ち詩学の確立。また「純粋詩」の指向するネオ・サムボリズムについては我々の今後の詩作品を以て示すつもりである」「「純粋詩」は詩に於ける孤高な鬼である」。

審判　　　　　　　田村隆一

煉獄の苦痛の最大なるものは、審判の不確定である。　パスカル

その肉はむなしく
その骨はきびしく
泡立つ海を　ゆらめく風を
失ひし皿の底に
神の指に求めず
死者の手にゆだねず
わたしを狙ふ正確な眼は
わたしを刻む灰色の爪は
未定稿

第一巻第八号（通巻第八号）は十月一日発行。この号はかねての予告通り秋谷豊特集である。秋谷の作品集「成年」（「創生」「言葉」「系図」「孤独」「期待」）をな

かに置いて、大阪祐彦、泉沢浩志、岩淵巽、小野、佐藤木実、村松武司、福田と七名が詩を載せる。秋谷論を核にした評論では、福田が冒頭に「秋谷豊論」を掲げ、八束龍平（岡田芳彦）「抒情詩の危機――秋谷豊の近作についての偶感」、石川武司「秋谷豊氏の抒情性」、山形三郎「愛と詩」、武田武彦「返信――秋谷豊の遍歴の手紙に」とつづく。ほかに塚田草樹「英詩史概要（五）」と小野「詩壇時評」。

「抒情詩の危機」で八束は、秋谷の近作九篇を読んだ結果として感じたことを「抒情詩とは詩人のポエジイ（詩精神）のひとつの在りかたにすぎない。それが往々にして、ポエジイの抒情よりも、単なる言語の抒情性に移行しがちであるといふ危険を、（戦時の）国民詩は侵した。秋谷氏の近作が国民詩から遺産を受取つてゐる中で、最も注目すべきは、この言語の抒情性についてではないか」と書いている。直截な指摘である。ことばのうえだけの秋谷の抒情がどんなものであるかを、八束はいくつかの実例をあげて読者に示しながら、詩人の精神の内側からではなく、読者のことばへの常識的共感によってのみ支えられている危うさを強く訴える。「鵬」に書く八束の文章では、その難解さにしばしば悩まされたものだが、今回の一文には容易に納得させられた。この主題に関しては執筆者の頭のうちが明晰に整理されていたせいだろう。

巻末には詩話会とネオ・サンボリズム研究会開催の通知があり、福田「純粋詩」へのますますの詩的意欲を感ずる。

第一巻第九号（通巻第九号）は十一月一日発行。この号には新詩人作品五篇を推薦し掲載している。作者は佐藤木実、尾崎徳、村松武司、伊藤正斉、松村郷史であり、これらの作は編集者によると、じつに千篇に近い応募作品から当誌の傾向に副うものとして選ばれた。詩はほかに岩淵巽、房田由夫、福田、秋谷の作。評論には小野の新連載「現代叙事詩考（一）――現詩壇に於ける叙事的抒情詩に対する考察」、前田惇夫「現代詩の再建について」。ほかに塚田草樹「英詩史概要（六）」と連載「「純粋詩」論議」が載る。

前田が若い詩人に書き残そうとすることばは一見言い古された常識に映るが、じつは独自の見識が散りばめられていて傾聴に値する。抜き書きしておこう。「（詩が）単に製作し易いといふ理由で製作され、愛玩されてゐるこの不思議な現象。（略）現代の詩人の製作は一見詩らしく見え、語呂合せの優等生と言ふべき優れた才能を身につけてゐる」「現代の詩人は極く少数の人を除き外国語を充分読めないで、西欧の詩論に耳を傾けて来た。（略）一人の優れた詩人のみに賭け、その出来上がりや概論や見本から学んだり、受け入れたりすることは危険である」「技術の進歩のために現代詩はあらゆる情緒を嗅ぎわけることが出来るやうになつたが、古典の詩人達が持つてゐた魂の美しさといふものを次第に失ひがちになつた」「若し紙が或る種の事情で不意に無くなり、生産が不可能となつた場合、（略）（終戦前には）地べたにでも詩を書き続けていかうなどといふ悲愴な決意を見せた詩人があつたが、遂に終戦によつて其の尊い意欲も消失して了つた」「われわれは心を洗ひ、詩を祭り尊ぶ心で詩を書かない限り、正しく新らしい現代詩は実を結ばないに違ひない」

「編輯後記」には「伝統の踏襲が真に歴史性の否定に於て為されるならば純粋詩は詩の正統派であることは明らかにされるであらう」と変わらぬ福田の自己肯定的な一言がある一方で、つづく段落ではいささか荒々しいことばが語られている。「暴言が許されるならばわれわれは九月号から創刊したつもりでゐる。また出来ることならば純粋詩八月号までを引裂いて廻りたい程である。われわれの精進は今後も此処に甘んじてはゐないであらう」。福田の本音は次号以下で明らかにされていくのだろうか。

第一巻第一〇号（通巻第一〇号）は十二月一日発行。ついに月刊をまもって年末となった。詩は「昭和二十一年度詩集」と銘打ち、巻頭の田村隆一「紙上不眠——出発」にはじまり、鮎川信夫、松村文雄（北村太郎）、西田春作、麻生久、国友千枝、吉木幸子、平林敏彦、八束龍平、さらに木下夕爾、小島禄琅、岩淵巽、徳永寿、瀬木次郎、小田雅彦、杉本圭子、吉村英夫、泉沢浩志、秋谷豊、村松武司、木原孝一、小野連司、三好豊一郎、三城えふ、明智康、田久徳蔵、井手則雄、中桐雅夫、福田律郎による二十八作品が揃い、詩集というにふさわしい。ざっと目を通すだけでも同人に加えて、のちの「荒地」グループや他詩誌からの有力詩人の寄稿が目をひき、この詩誌が一年足らずで全国的に注目される詩誌に成長したことをうかがわせる。評論、エッセイでは福田「テエヌの誤謬」、田村「坂に関する詩と詩論――一九四六年秋に」、秋谷「日本文学に於ける現代詩の位置」。秋谷は「現代詩の課題、詩学の確立、現代詩の展開、方法論の効用、主知主義の錯誤、シユールレアリズムとサンボリズム、詩人論、一年の回顧、現代詩の将来」という項目をたてて論ずる。小野「現代叙事詩考（二）――叙事詩不滅の原理（上）」。今号の「純粋詩論議」は伊藤正斉、近藤剛規、村松、浮星淳也。広瀬三郎の五名。裏表紙には純粋詩詩人賞の知らせとその規約を載せている。定価四円（税込）となった。

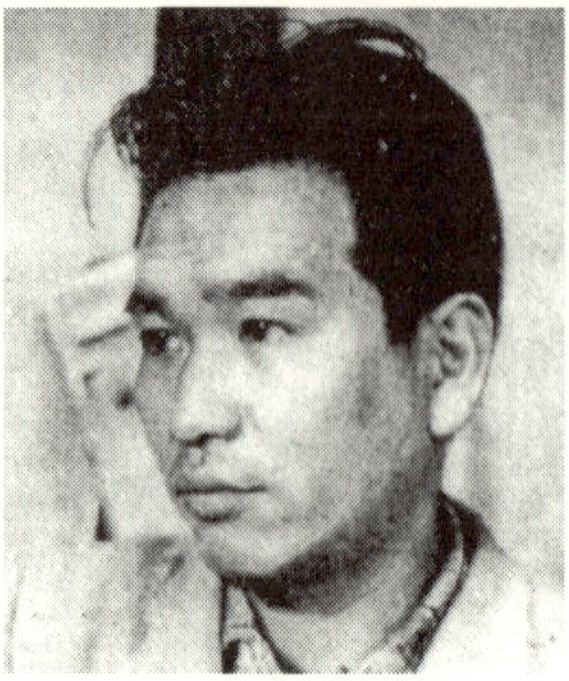
木原孝一

「純粋詩」の一年目の記述を終える前に、この詩誌の際立った変容ぶりのきっかけとなった「荒地」グループ参入の経緯をいま少し加筆しておく必要があるだろう。すでに記したとおり「純粋詩」は九月号（通巻第七号）に田村隆一の短い詩「審判」を載せたことが転機となり、田村を窓口として十二月号（通巻第一〇号）から「荒地」の詩人が寄稿するようになった。この号の「昭和二十一年度詩集」には「純粋詩」同人と「ＦＯＵ」「新詩派」などに拠る二十代の詩人に加えて、田村を初め「荒地」詩人が作品を寄せている。このうち鮎川、田村、三好、北村は戦前には「ＬＵＮＡ」（中桐雅夫）や「新領土」（上田保）に、また黒田や木原は「ＶＯＵ」（北園克衛）などに作品を発表していた詩人たちである。

　この「純粋詩」への寄稿からはじまり詩誌「荒地」発刊までのいきさつは木原孝一（一九二二―七九）にとって余程印象深いものであったらしく、二、三の回想録（「世代」一九五八年九月号「戦後詩壇盛衰期・2」、「現代詩手帖」六〇年十一月号「物語・戦後詩壇史」、「ユリイカ」七〇年十二月号「戦後詩物語」など）に記述を残している。それによると「純粋詩」十二月号の原稿依頼状は福田律郎と田村の連名になっていて、「御無沙汰しています。お元気ですか――」という田村の添え書きがあった。そしてその依頼状と前後して、一度みんなで会おうよという手紙が届いた。場所はお茶の水駅前の駿台サロンで、たしか四六年年末だった。会場の日本間に入っていくと田村がひとりひとり紹介してくれた。「創刊号から一九四六年末までが第一期の「純粋詩」だった。それはいわば戦後の混乱期を抜けだそうとする整理期で、福田、秋谷、小野、のほかには畠山義郎、佐藤木実、村松武司などの新鋭詩人を送り出すことで、その役割を終えた」、「一九四六年十二月という月は、戦後詩のことを考えるうえで特に重要な意味を持っている。このとき田村が福田の求めに応じて鮎川、三好、中桐、それに私への呼びかけをしなかったならば、私たち「荒地」の仲間が集まるのはもっと遅れていたかもしれない」（要約）と追想する。

こうして十二月号に「昭和二十一年度詩集」を載せた「純粋詩」は、それを契機に「荒地」グループの参入を得て詩と評論の両面で戦後詩誌としての性格を際立たせていく。しかし、それに先立つ創刊号から四六年末までの時期をこの詩誌の前史もしくは助走期とみるのは適切ではないだろう。第一年目は〝純粋詩〟を誌名に掲げて月刊を維持し、新象徴主義を提唱した福田の主張が貫かれている。そして、「新詩派」八月号の田村の詩「石」に魅せられ、同誌が一時休刊していた背景もあって、この詩人を誘い「純粋詩」に「審判」を書かせたのも福田の見識だったのではなかろうか。

9　席巻する「荒地」の詩人たち
――「純粋詩」通巻第一一号から第一六号

「純粋詩」は二年目に入り、第二巻第一号（通巻第一一号）は一九四七年一月一日に発行された。雑誌の体裁と内容は大きく様変わりした。この号から縦型A5判、全三十四ページとなった。この体裁は次号以下もつづく。定価五円。詩は四名の作に限定している。掲載順に三好豊一郎「巻貝の夢」（「蜘蛛」「網」「途上」「碑」「帰らない飛行機乗りの話」）、田村隆一「紙上不眠」（「生きものに関する幻想」「不在証明」）、鮎川信夫「死んだ男」、福田律郎「石柱のある風景《ヴィジョン》」。評論は黒田三郎（一九一九―八〇）「ダダについて」と小野連司「現代叙事詩考（三）――叙事詩不滅の原理」とすっきりした印象を与える。この四篇に加えて、松村文雄の詩「芥川多加志の霊にささぐ――弔歌」が「後記」にある。編集に間に合わず「後記」に入れたのだろう。芥川多加志（一九二二―四五）は龍之介の次男で、ビルマ戦線で戦死した。

後日の目で見ると、福田と小野以外の執筆者は松村を加えて五名が「荒地」グループの詩人である。田村の詩「審判」（通巻第七号）によって扉が開かれ、これらの詩人たちの参入が実現したのだろう。「荒地」グループにとって「純粋詩」はそれまで定まらなかった作品発表の格好の拠点になり、また福田や小野にとっても、きっかけの掴めなかった「純粋詩」の活性化を一挙になし得たといえよう。「後記」には「秋谷君が「純粋詩」を退いて「ゆうとぴあ」の編輯に専心することになつた。創刊以来のamiとして、彼のよき伸展を祈らう」という福田のことばがある。表紙裏には月刊「ゆうとぴあ」新年号と「ゆうとぴあ通信」（ともに岩谷書店）、裏表紙には復刊「ＶＯＵ」第一号（同クラブ）の広告がある。

「純粋詩」第二巻第二号（通巻第一二号）は一九四七年二月一日の発行。この号は前号から一転して新詩人推薦作品集となり、疋田寛吉、明智康、山形三郎、村松武司ら十一名の詩が並ぶ。「詩壇時評」で北村太郎は再刊「ＶＯＵ」を手にした感想を述べる。「昔変らぬ表紙を見て感動した。何といふ執拗さ！」「かねてからＶＯＵ詩人と四季の詩人とは非常に酷似してゐると思つてゐた。（略）双方とも態度が固定してゐるといふことである」。北村はさらにことばを重ねて、たとえば「純粋詩」四六年十二月号の木原孝一の「星の肖像」は美しい詩だが八年前の「ＶＯＵ」を開けば同じような詩がみられるだろうと言い、「全く変化がないのだ。西脇順三郎氏の言葉を借りれば、『余りに人間的でない、人間的でない』と、ニイチエの逆に云はなければならない。恐らく人間的でないことが木原孝一氏の詩の目的だらう。しかし、現代に生きてゐる若い人間である同氏と、この詩との接触点が、殆ど僕の眼に見えない」と駄目押しする。「ＶＯＵの木原」とその仲間への痛烈な批判である。

　もう一つ、北村はこんなことも書いている。「数種の雑誌を読んだら『あ』といふ感嘆詞が二、三目についた。（略）この感嘆詞は数年前に北園克衛氏が使ひ初めたものだと思ふ。かういふ意識的用法をその他の詩人がまるで流行か何かのやうに用ゐてゐるのは醜態である」。確かに戦中戦後の一時期の詩を読むと「あ」が目につく。しかし見慣れてくると何とも感じなくなってくるのも奇妙である。

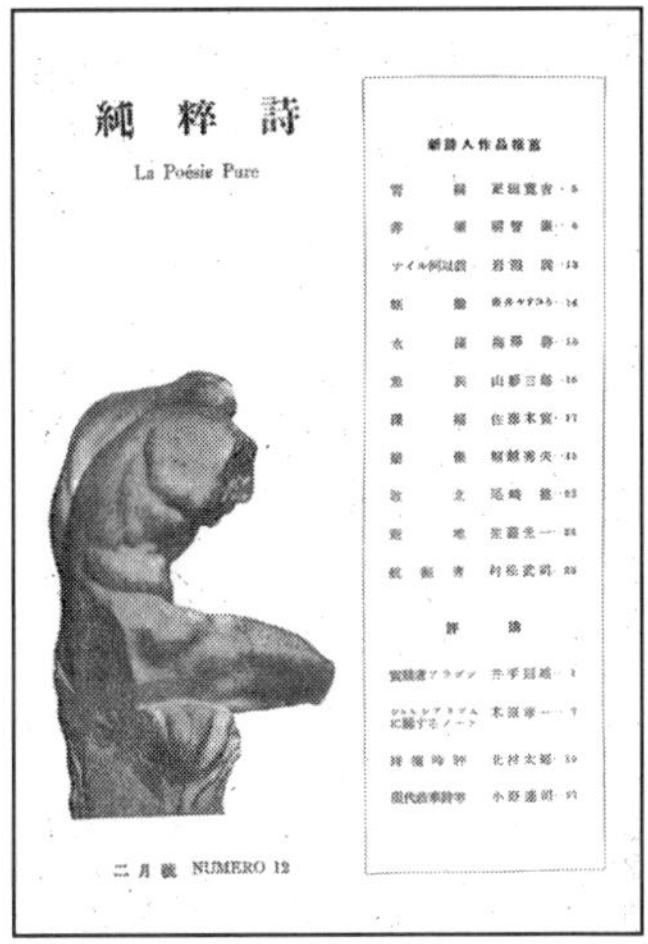

「純粋詩」第12号（1947年2月）

「シュルレアリスムに関するノート」で木原孝一は、わが国のシュールレアリスム運動はアンドレ・ブルトンのマニフェスト出版の翌年、一九二五年に雑誌「文芸嘆美」（上田敏雄、上田保、北園克衛ら）によって開始され、二年後の「薔薇魔術学説」第三号に日本におけるマニフェストが添付された、とわが国へのシュールレアリスム導入とその発生を解説する。また「実践者アラゴン」で井手則雄は、シュールレアリスムがわが国に入ってきたとき、それはフロイト的処方箋の過多となって歪められレーニンの方向は意識的に没却されたが、フランスではすでに形而上的で貴族的な方向と、アラゴンを先頭とする革命的方向へと分裂しはじめていた、と説明する。小野連司は連載「気質の考察――現代叙事詩考　第三章叙事詩の病理　其ノ1」を記す。

「後記」に福田の地元市川の法華経寺で催された同人の句会の模様を村松が記している。猟人鮎川、黒鯨亭田村、幽霊塔福田、深芹亭木原など約十名が席題と酒席を楽しんだ。のちの「荒地」の詩人たちは詩誌のうえでのお付合いを越えて、こうして人間どうしの交流も深めていたことが分かる。「後記」はこの記事のみ。

第二巻第三号（通巻第一三号）は四七年三月一日発行。詩は田村隆一「目撃者」、三好豊一郎「青い酒場」、および次に引く井手則雄「馬」の三篇。評論は鮎川信夫「囲繞地」と田久徳蔵「菱山修三論」。ほかに北村太郎「詩壇時評――孤独への誘ひ」、小野連司「気質の考察――現代叙事詩考　第三章叙事詩の病理　其ノ1（Ⅱ）」。井手則雄（一九一六―八六）は長崎県生まれで、東京美術学校で学んだ彫刻家であり、美術評論家でもあった。「純粋詩」のあと「造形文学」「新日本詩人」にも加わり、「列島」の編集にもかかわった。詩集に『葦を焚く夜』（葦会、五二年）など。蛇足ながらシベリヤは漢字で「西比利亜」と書いた。

馬

井手則雄

新鮮な海がひびき
昂くたかく馬は駈ける
視野の片隅
ぽつかりと穴あいた岬の端れ
其処を区切つて　昔へつづく細長い天
悔恨にささむけて　ひゆうひうと音たてて
たとえば彼処から抜けておちた
偽りにゆがんだ砲車や

従順な友らの骨や　それからまた
いかめしい黄金の紋章など

けさ西比利亜の朔風にのつて
この稀薄な風景のなかに
おしすすんでくる夥しい馬群の
なんとゆう不逞な回帰
友よ　この海の広さに
郷愁の物差が短いとすれば

北村太郎（一九二二—九二）の「詩壇時評」のなかの「空白はあつたか」の一文は発表されるや話題になった。それは戦後世代が前世代の詩人たちに正面から向き合い、名を挙げて投げかけた痛烈な詰問であった。北村は「現代詩」一月号の座談会「現代詩の系譜と其の展望」で語られる先輩詩人たちの「ブランク」「空白」ということばを取りあげ、「若い詩人を『啓蒙する』と云つたり『私ども廿代の青年は全く無知です』などといふ無意味なことばを口走る人間を『たのもしいと思ふ』などとおだてたりする先輩詩人を見ると、憂鬱になり絶望するのである。僕はさういふ詩人たちが沈黙して、ただ孤独のうちに生活する勇気を持たないのが不思議でならない」と言い、「彼らが空白だ、ブランクだ、といふ時代に僕らはまさにこの肉体を持つて生きてきたのであり、そのあひだには、三十代、四十代の人の全く想像できぬ未知の個の倉庫が、徐々にそして確実に充たされて来たことを記憶すべきである。空白といふ架空の存在を信ずるのは止めよう！」と文章を締める。「僕はさういふ詩人たちが沈黙して、ただ孤独のうちに生活する勇気を持たないのが不思議でならない」の一言こそ前世代の詩人たちへの強烈な一撃であった。

戦後詩の解説文などによく引用される北村の文章はこの部分のみを拾い読みしても、現代の読者には真意がうまく伝わらない懸念がある。戦時に二十歳前後であった詩作を目指す人々が兵役や学徒動員のために日常生活を中断させられた場合にも、それは詩的活動の空白といえるのではないか、とふと自問するかもしれない。それゆえ、ことばのうえだけで空白があった・なかったと言い合っても仕方がない。北村の訴えたい真意は「空白はあつたか」の少なくとも骨格部分を読み通さないと汲み取れないのではないか（資料13）。

　じつは戦後派の詩人による批判は北村以前にもすでに投げかけられている。前章で挙げたことの繰り返しになるが、現に「純粋詩」誌上でも秋谷豊が「詩壇時評」（第一巻第一、二号）で、戦時に政治に追随した既成詩人を追求して「詩人としての責任において自らの所在を遺憾なく暴露すべきだ」と訴えたことを思い起こしてほしい。また岡田芳彦は「FOU」第九号（一九四六年十一・十二月合併号）の評論「一九四六年の詩人達の仕事――夜あけの仄暗さ」で「一九四六年の詩人たちの再出発は、なによりもかかる戦争中の自己の行動への反省から始つた。歪められた人間性の圧迫の嵐……戦争指導者がわれわれを欺いてゐたことは間違ひない。文明の名において裁判をつづけられてゐる戦争犯罪人の存在こそ、今次世界大戦の歴史的あたらしさである。詩人は被害者であつたかどうか、自己の精神を彼らに隷属せしめたものは奈辺にあつたか……そうした反省から再出発することが詩人に与へられた義務である」と明言している。

北村太郎

　秋谷や岡田のいくらか総括的な正論に対して、北村の空白論には、既成詩人の名を直に出し、遠慮のないことばを真っ向から投げかけて人を立ち止まらせる迫力があり、その分注目を集めた。しかしこの北村の問いかけに対して前世代の詩人たちからは何の反応も示されなかったという。
　この号も「荒地」詩人の執筆が大半を占めるが、福田はこれを歓迎して「後記」に「1月号の三好の〈巻貝の夢〉本号の田村の〈目撃者〉などこれからの純粋詩の方向を暗示するものである。今後の純粋詩が実は詩の歴史の上に革命的な意図を内蔵してゐることは号を追ふに従つて瞭らかになつてゆく」と変わらず肯定的に記す。インフレのさなか、一冊の定価はついに十円となった。

第二巻第四号（通巻第一四号）以後は各号の詩の作者及び評論の表題・執筆者を中心に掲げ、注目作品について説明・解説を記すこととする。広告は詩誌など主なもののみを掲げる。

第二巻第四号（四七年四月一日発行）。詩――三好豊一郎、福田律郎、黒田三郎。評論等――鮎川信夫「囲繞地――現代詩について」、中桐雅夫「詩についての手紙」、北村太郎「投影の意味――詩壇時評」、小野連司「模倣と相関――現代叙事詩考」。第一回純粋詩賞発表。〈広告〉「純粋詩」一九四七年後半期合本。

副題のない「囲繞地」は戦前の一九四〇年十月に書かれた鮎川二十歳の評論だが、前号の「純粋詩」（通巻第一三号）にようやく発表された。本号の「囲繞地――現代詩について」はその続篇ともいえる最新稿である。「戦争はその当然の結果として我々を懐疑的にした。実のことを言へば、我々は戦争前から懐疑的だつたのであり、何ものをも信ずることが出来なかつたといふことも、古い解りきつた事柄に属する。我々の間から一篇の詩も現れなかつたといふことは、我々が無名であつたといふことや、我々の詩に利用価値がなかつたいふこととは全く無関係である。我々の間から戦争詩が現れなかつた理由は、それが我々の〔性質〕に合はなかつたからに過ぎない。一九四二―三年頃、我々はあらゆるものを理解することを拒否してしまつた」。鮎川の筆はさらに先にすすむ。「我々の詩にとつて役に立たないもの、例へばＶＯＵの詩とか小林秀雄の評論などは過去のものとならねばならない。（略）ＶＯＵの詩とか評論とかが、近代の詩人を捉へたのは、近代人の抽象的な理論癖、無用な装飾性、感受性、エキゾチスム、etc. の隠れ家としての魅力が我々にアッピイルしたのである。しかし今日では、それは隠れ家でもなんでもない」

鮎川は二篇の詩、八束龍平「強烈な夏」（「純粋詩」一九四六年六月号）と三好豊一郎「囚人」（「新詩派」四六年六月号）をとりあげている。「強烈な夏」は「強烈な印象の羅列に過ぎない、が（略）詩の示す暗示、精神の一様相の暗示を躊躇なく受取る」「詩人は言葉のうへに乗り上げる。其処に暗礁があつたのである。難破したことのない航海者にとつて、暗礁はただ予感としてあるに過ぎない。それとも君達は自分を導いてくれる正確な磁針といふものを信じてゐるのだらうか」「「強烈な夏」は私を乗せて微動だにしない。何故ならばそれは暗礁であつて、船ではないからである」。これに対して「「囚人」には更に複雑に様々な要素が縺れ合つてゐる。基盤が同じであるに拘らず、精神に於ける次元が全く異なつてゐる」「この詩は「強烈な夏」になかつたところの詩としての統一した明確な心象を与へる。統一した明確な心象をめざす時に、大ていの詩人は存在をふみ外し、架空の拵へものの雰囲気の中で惑溺してしまふ。「囚人」が例外であり得たことは当然であるが、これは一般にめづらしいことである」。鮎川がこの評論に取りあげたことで、「強烈な夏」は戦後詩の代表作の一つと目され、また「囚人」は三好の初期の秀作として評判をさらに高めた。

第一回純粋詩賞(作品賞)候補作には四六年発行の「純粋詩」に載った詩十篇、房田由夫「夜の語」、八束龍平「強烈な夏」、平林敏彦「時計」、秋谷豊「成年」、鮎川信夫「日の暮」、北村太郎「亡霊」、木原孝一「星の肖像」、中桐雅夫「一九四五年秋」、田村隆一「坂について」(坂に関する詩と詩論)、村松武司「Nevermore」が挙がった。「徹宵しての激烈な論争の結果、最も冒険的な作品」(木原)という理由で田村が受賞者に決定した。選考委員は木原、鮎川、田村、福田の四名。委員は受賞の対象にしないという通例にこだわっていない。「この賞は福田が「純粋詩」の再出発を対外的にアピールする作戦の一環として試みたものだろう。そこに福田のただならぬ決意も読み取れるのだが、「純粋詩」の創刊同人で選考委員に参加したのが当の福田だけでは、編集方針の変化に疑問を持たれてもやむを得ないかも知れない」と平林は推察している。[2]

同第五号(通巻第一五号、同年五月一日発行)。詩——鮎川、中桐、岩淵巽、黒田、疋田寛吉、田村、福田。評論等——黒田「言論の陰影」、鮎川「青春の暗転——詩壇時評」、小野「模倣と相関——現代叙事詩考」。

同第六号(通巻第十六号、同年六月一日発行)。詩——村松武司、岡田芳彦、三好、田村。評論等——鮎川「批評の限界」、黒田「詩は何処へ行くか」、小野「模倣と相関(補説)——現代叙事詩考」。福田「編輯後

記」。〈広告〉「純粋詩」一九四七年後半期合本、「ゆうとぴあ」第七集。

鮎川信夫の論評、とくに戦後数年の時期の文章は、この詩人が戦時の苛酷な時代に何を考えて耐えていたかを知る意味もさることながら、広く文学文芸さらには社会情勢の時代変化のなかに詩というものを置いて観察していることから、時の流れを超えてさまざまな示唆を今日の私たちにも与えてくれる。常に洞穴の暗く深い所に坐りこみ、そこから外界を直視する姿勢は一貫している。終戦後二年足らずの時期に書かれた二十六歳時の論評「批評の限界」は私にはもはや手放せないものになっている。次にそのなかの一節を引いておこう。

「現代は詩を全く問題にしない時代である。おそらく詩のことなんか何も知らなくとも、日本では文芸評論家が立派に勤まるのである。文学の片隅に毀れた楽器のやうに置き忘れられてゐる詩を、物好きに取上げてみようとする作家も極めてまれであらう。そして確かに多くの詩はつまらない。その責任の大半は詩人の側にあるだらう。我々は、クラフト的鑑賞物になつてしまつた詩を、少しでも弁護しようとする勇気は持つてゐない。むしろ詩といふ言語が、多くの人に与へてゐる妙に浅薄な感じの故に、我々はつまらぬ誤解をおそれて詩といふ言葉をなるべく使はぬやうにしてゐる。詩が固定観念になつた時。それは詩でも何でもない。といふ意味は、詩には厳密な規範といふものがないといふのではなく、眼に見える厳密な規範といつたやうなものは詩精神を窒息させるだけだといふことである。厳密な規範、――それはあらゆる秀れた文学作品には必然的に内在してゐるものである」

杉本春生（一九二六―九〇）はのちに「純粋詩」通巻のうちからこの号に載った村松武司（二四―九三）の長い散文詩「未知の女」を挙げて、ともすれば忘れがちな村松の名をこの詩とともに刻記したいと語っている（「地球」第四七巻秋季号、六九年、「「純粋詩」をめぐって」）。この作品では老人の独白が暗く静かに炙り出され、衣服の下の見えない傷の強さに読者は惹き込まれる。「荒地」グループを含む「純粋詩」の詩人のいずれとも同調しない作風の一篇が、二十二歳の詩人によって終戦後二年に充たぬ時期に書かれたことにおどろかされる。村松は旧京城の生まれで、戦後初めて日本の地を踏んだ。在日韓国朝鮮の人々との連帯に努め、長くハンセン病患者の詩作に関与した。「純粋詩」では福田を実質的に補佐している。詩集『怖ろしいニンフたち』（同成社、五七年）、著作集『海のタリョン』（皓星社、九四年）など。

未知の女（部分）　　　村松武司

……刈られた草も、樹の古い切り株も、わしはいま伐つたばかりのやうに耳をすます。枝が散つて水に落ちる。――わしが川をそつと押すだらう。そして川はゆつくりと膨れ始めるだらう。あるひは身震ひしてひしめきながらまた不確かな別の位置へかへるだらう。一つの影が死んでゆく。一方が他者の前で消えてゆく。まるで掌の中の蝶が翅の顫へを落すやうに。

わしは本当に成人したのか。ふくよかな花花の奥を手さぐる。花花の間の細い幹や枝の棚に触れる。――ふと指が痙攣し、僅かに関節が曲がつてしまふ。血がにじみ指の内部か皮膚の外を細々と流れ始める。あたたかな肉のうづき。山香子や乾草の匂ひがわしの瞳を赤くうるませる。それからこのわしは大気の中を、ゆつくり足ぶみしてみる。足ぶみ！

小川が鳴つてゐる。堅い嘴を鳴らして紅雀が水面をかすめる。紅雀は若いと思ふ。紅雀は赤い実をついばむ。紅雀の飛び立つた影がわしの口の中に急に落ちてくる。わしは息をのむ。喉の中で小鳥が息絶える。羽音が止む……

殺し合つたのだな。だがこれはおしまひぢやない。いまから何事があるのか。女よ。出来事は、これから本当に起るのか！

それから、日が傾いて糸杉のなかへ落ちこんでゆくと、影はあからさまに逆なんだ。

資料13

「純粋詩」第二巻第三号（通巻第一三号、一九四七年三月）掲載の北村太郎「詩壇時評――孤独への誘ひ　1　空白はあつたか」の主要部分を以下に引用する。

「たとへば**現代詩**一月号の『現代詩の系譜と其の展望』といふ座談会を読んでみよう。そこにつぎのやうな言葉があるとすれば、諸君はいつたいどのやうな困惑を覚えるか。すなわち

北川　新しく出てくる詩人のためにどうしても啓蒙が必要と思ふんだ。それは僕らの義務だと思ふ。広い意味の戦争時代、ここ十数年といふものはまつたく**ブランク**だからね。

近藤　悪時代が書かせるんだね。

北川　それにしても、今は、一等啓蒙を必要とする時代なんだ。自己啓蒙もあるんだよ。

杉浦　……今までに約十年間の**ブランク**が出来てしまつた。つまり戦争中は日本の詩が芸術的高貴（香気）よりは愛国主義的精神に傾いて詩が本質を失ひかけてゐました。

安藤　私ども二十代の青年は全く無知です。詩について何もしらない。詩とはどんなものかと人にきかれたなら答に窮するものが多いと思ひます。

笹沢　さうだらうなあ。恰度十年以上も詩が**空白**になつてしまつたんだから。これは我々の大なる責任だ。（原注・以上いづれもゴシックは北村）

以上の三つの引用文にはいづれも空白ないしブランクといふ言葉が使はれてゐる。あの僕らにとつては実に意味深長な戦争が宿命的な、そして象徴的な（たとへば原子爆弾といふものを考へてみればよく僕のいふ意味が理解できると思ふのだが）終りをつげて以来、十指に余る人びとが戦争時代をブランクと呼び、現代の若い世代をあだかも当然配給さるべきチヨコレイトを配給されなかつた幼児たちのやうに憐れんだり、ないしは軽蔑したりする風潮があるのを、僕はかねてからにがにがしく思つてゐた。何よりも第一に眼につくのは、さうした言葉を吐く人たちが内心に秘めてゐる自尊心である。（これらの人たちの大部分が三十四、五から四十二、三ぐらゐの年齢で、しかも大ていがいはゆる進歩思想たとへばコミユニスムを信奉してゐる事実を指摘するのも僕には興味がある。彼らは、自分たちが昭和初期に官憲の弾圧を受けながらコミユニスムを勉強したといふ経歴を絶えず頭に思ひ浮かべながら、その後の戦

争時代に学生であつた僕らを、実に無邪気に、思想的にブランクな時代に教育を受けた者として一括する悪癖がある）。だが実はさうした彼らの自尊心は問題とするに足りない。それよりも、もつと致命的な事実は、彼らが実際に空白ないしブランクな時間の存在といふものを信じてゐるといふことだ。僕は二十代の詩人諸君にお訊ねしたい。君たちは昭和六年ごろは小学生だつた。十二年ごろは中学生だつた。そして十六年ごろは大学生だつた。その時に大戦争が起つた。君たちは戦場に行つた。そして二十年の夏に還つて来た。その十数年のあひだに、君の詩は、君の存在は、君の精神はブランクだつたか。空白はあつたか。おそらく若い詩人だつた諸君には空白などといふ馬鹿げた観念は薬にしたくもなかつたにちがひない。そんな甘つたれた空白などといふものが、もしあつたと信ずる詩人がゐるとすれば既にその人は詩人失格だ。空白なんてものはどこにもありはしない。僕たちが、僕が、君が、そして個人個人が息も絶えずに存在してゐる限り絶対にない。『悪時代』とか詩の空白時代とかまたは、思想のブランク時代などといふふざけた言葉を信じてゐる詩人は、とりもなほさずその期間に真実の詩人でなかつたことを自ら告白してゐるのだ。いや、さういふ個人的な見方ではなく、歴史的、客観的に見ればその期間はたしかにブランクだつたのだ、などといふ反駁は僕には殆ど意味のない言葉の羅列にすぎない。『悪時代』のあひだ、孤独への誘ひに身を任せず、徒らに愛国詩、辻詩（なんといふ低劣な名称だ！）のアンソロジイに名前を連ねた先輩詩人が数多く存在したといふ事実を僕らは忘れまい（中略）。

僕は、若い詩人を『啓蒙する』と云つたり『私ども廿代の青年は全く無知です』などといふ無意味な言葉を口走る人間を『たのもしいと思ふ』などとおだてたりする先輩詩人を見ると、憂鬱になり絶望するのである。僕はさういふ詩人たちが沈黙して、ただ孤独のうちに生活する勇気を持たないのが不思議でならない。たとへ沈黙しても、もしその人が真の詩人なら必らず存在の満足を自覚するはずだ。そしてそれが最も楽しいはずなのだ。彼らが空白だ、ブランクだ、といふ時代に僕らはまさにこの肉体を持つて生きてきたのであり、そのあひだには、三十代、四十代の人の全く想像できぬ未知の個の倉庫が、徐々にそして確実に充たされて来たといふことを記憶すべきである。空白といふ架空の存在を信ずるのは止めよう！　それは時間を信ずるのと同じ愚劣さなのだ。」

北村の空白論に関連して『フジタよ眠れ』（葦書房、一九七八年）に次のような画家の菊畑茂久馬（一九三五―）の文章がある。「ほとんどの戦争画家達の経歴はその（作製に関わった）季節を「空白」という文字で一様に埋めてしまっている。何が空白なものか！　まれに見る美術史上最大の落し物がこのあたりで批評の中からずり落ちて今日に至っているのである。平和の鬼達が戦争画家の手に一瞬照りはえた権力の内景まで切り落してしまったのである」。「フジタよ眠れ」は雑誌「暗河《くらごう》」第六号（葦書房、七五年）に発表されたが、菊畑が北村の文章をあらかじめ読んでいたかと問われれば、それに触れていないところをみると、読んでいないと答えるべきだろう。「空白」の一語は偶然の、いや必然の符合である。

10 座を空ける「荒地」と左傾する本流
――「純粋詩」通巻第一七号から第二七終刊号

「純粋詩」第二巻第七号（通巻第一七号、一九四七年七月一日発行）。詩――鮎川信夫「アメリカ」の一篇。評論等――鮎川「「アメリカ」に関する覚書」、黒田三郎「詩人の運命」、福田律郎「あまりに意識的な犬と私と」、鮎川・福田「詩壇時評――一つの世界」、鮎川・北村太郎・田村隆一・福田「同――伝統の否定」、村松武司「公募作品について」、三好豊一郎「曇天の青春」、小野連司「誤謬論――現代叙事詩の形態と集団主義」。〈広告〉「詩論集　REVUE DE LA POESIE」第一集、「現代詩叢書」第一集。

「それは一九四二年の秋であつた／「御機嫌やう！／僕らはもう会ふこともないだらう／生きてゐるにしても　倒れてゐるにしても／僕らの行手は暗いのだ」／そして銃を担つたおたがひの姿を嘲けりながら／ひとりづつ夜の街から消えていつた」ではじまる長い詩「アメリカ」は間違いなく鮎川の代表作の一つである。「「アメリカ」に関する覚書」では鮎川は、どのような事柄が頭にあって「アメリカ」を書いたかを述べようとしているが、これもまたそうした主題に名を借りた鮎川独自の詩論である。詩を書かせた観念とでき上がった作品が整合しているかどうかは分からず、また「アメリカ」という表題についても何も付言することはないという。「私はやりきれぬ気持でこの作品を放棄する。或は放棄するところまで行つてゐないにも拘らず悪い眩暈のうちで中断する。言葉にしがみついてゐる記憶の固執と、断片の死臭と言語の保存用アルコールの厭な臭気とを感じながら……。私の『アメリカ』がそのやうな暗い世界から生れたとしても、それは私の責任ではない」と述べて覚書は終わる。

黒田三郎の「詩人の運命」。「貧困、こいつは恐しい。こいつは人間の心を汚してしまふ」と獄を出て零落したオスカー・ワイルドの手紙の一節を引きながら、黒田は敗戦後の生活苦に真向かい詩作を目指す詩人たちの昨今を思う。「自分のことを自分で始末することから、はじめねばならぬ」「むしろ、糊口のために悪戦苦闘せよ。かくしてのみ、詩人の胸から新しい詩が育つであろう」。これ以外のことばは出てきそうにない。

同第八号（通巻第一八号、同年八月一日発行）。詩——木原孝一、三好、筧小次郎、疋田寛吉、明智康、伊藤正斉、黒田（六篇）。評論等——無記名「覚書」、鮎川「主張」、黒田「失はれた墓碑銘について」、福田「現代詩雑誌の検討——技術の人間性」、北村「同——生長する畸型児」、木原「同——ヂレッタンテイズムの誘惑」、鮎川「同——形而下的解決」、小野「詩に於ける集団主義——現代叙事詩考」。〈広告〉「荒地」第一、二号、「現代詩叢書」第一輯。

同第九号（通巻第一九号、同年九月一日発行）。詩——岡留哲理、岩淵巽、梅沢啓、衣更着信、村松武司。評論等——藤井やすひろ「文化評論——ESPERANTECO」、石田周三「同——科学」、福田「同——綜合の型」、木下常太郎「同——ロレンス・女・西脇順三郎」、井手則雄「同——彫刻のモニュマンタルテに関するノオト1」、鮎川「カフカの世界」、三好「時代と詩人」、北村「『変身』について」。鮎川、中桐、北村、黒田、福田「後記」。「社告」には本号より前記の五名が編集委員になるとの記事がある。〈広告〉「詩学」第一号、「現代詩叢書」第一集。

「純粋詩」への「荒地」グループの参入はこの号で極まった観がある。これらの詩人は評論に変わらず旺盛な意気込みを示しただけでなく、編集者には従来の福田のほかに一挙に四名が「荒地」グループから加わった。この「後記」に「〈純粋詩〉の目指す読者は僕らの世代の根本的な面にマッチする総ての人々にある」と北村が書いている。

部外者には分かりにくい事柄だが、「荒地」グループの詩人たちはこうして「純粋詩」に作品を発表し編集にも数名がかかわりながら、他方ではこの九月に第二次「荒地」（田村隆一編集、岩谷書店）を発刊している。自分たちの発表の場をついに得たわけだが、そのあと急に「純粋詩」から撤退したわけではない。詩誌「荒地」への移動は「純粋詩」が終刊となるまで徐々につづいた。鮎川は「純粋詩」終刊号にも評論を出している。このあたりのことを中村不二夫（「戦後詩探求Ⅱ[14]」）は次のように記している。「「荒地」創刊（注・四七年九月）の準備期間は、鮎川、中桐、北村、黒田の四人が「純粋詩」の編集委員に委嘱された時期と重なる。この時間的推移をみると、「荒地」グループの編集委員就任は、編集後記に一回登場しただけということも含め、不可解である」「鮎川にとって「純粋詩」の存在は「荒地」創刊までの寄稿雑誌という認識にすぎないことになる。しかし、客観的な事実として、鮎川の中で実際は「純粋詩」と「荒地」は両立していたのであり、この見方は適当でない」

「短い夏」の衣更着信（一九二〇―二〇〇四）は香川県生まれ。中桐雅夫創刊（一九三七年）の同人誌「LUNA」に鮎川、森川義信（山川章）らと参加、戦後は高校教員の傍ら「荒地」などに詩や評論を発表した。詩集に『庚申その他の詩』（書肆季節社、七六年）など。

短い夏（部分）　　　　衣更着　信

………

間欠的に知らない国の歌を想ひだした
そして　その感傷には耐へ切れない
けれど　なに気ない風に額を抑へた
涸れて来た咽喉に唾液を送つた

真青な眸をして唄ふ人の声に送られ
疲れた頬をして腰を下した車の窓
旅に細い革紐を肩に掛け　出て行つたのは誰の分身
　だらう
不安な料理の並ぶ食堂を出たつけ
俗物の誤解のために
硝子はくもつてゐる
皿絵のなかの景色の
うつくしい山の肩はかげつてゐる
罪を犯した人のやうに切ない無邪気さに押されて
何時までも灯りに近づかずに来た
夜の闇は何をつなぎ合はす事が出来るのか
火熱る肉体と冷えて行く想念
ふと心を驚ろかせて
影の無い声が其処いらに漂つて来た。

同第一〇号（通巻第二〇号、同年十月一日発行）。無記名「まへがき」。評論等――駒木史冠「十月文化評論――アメリカ教育学の課題」、塚谷晃弘「同――近代音楽と実用」、松下正寿「同――戦争放棄」、阿比留信「同――ノン・フイクシヨンの文学」、井手「同――彫刻のモニユマンタルテに関するノオトⅡ」、木原「純粋な鶯の変声期に就いて」、肥後泰彦「モンテーニユの片影」、黒田「実存主義と社会」、福田「ネヴィヴイル街にて」、三好「時代と詩人」、中桐雅夫「近刊詩集評」。〈広告〉「荒地」九月号、「FOU」十月号、「詩学」第二号、「現代詩叢書」第一集。

同第一一号（通巻第二一号、同年十一月一日発行）。詩――中桐「死への誘ひ」、田久徳蔵「火の女」、小野「舞踏劇場」、岡田芳彦「地上の太陽」。評論等――井手「秋の美術展評――十一月文化評論――最近の美術展から」村井順吉「同――感想」、矢野文子「同――画家ミレエについて」、鮎川『燼灰』の中から――T・E・ヒユームの精神」、福田「ネヴイヴイル街を歩いたあと」、中桐「詩についての手紙」、明智「我はその幹に数知れぬ好める言葉を刻みぬ」。福田「後記」。〈広告〉「荒地」十二月号、「NOTOS」第一号、「氾濫」創刊号。

同第一二号（通巻第二二号、同年十二月一日発行）。詩――伊藤和子、豊田泰子、佐藤木実。評論等――黒田「一九四七年の回顧――十二月文化評論――一九四七年の詩壇と『アメリカ』」、北村「同――象徴主義と現代の自我」、鮎川「同――キリスト教とマルキシズム」、井手「同――彫刻のモニユマンタルテに関するノオトⅢ」、中桐「萩原朔太郎論」、福田「1182の原稿から」。村松「後記」。〈広告〉『西洋文化史講話』、雑誌「クラルテ」、「詩学」第五号、「雑誌研究」一月号、ほかに詩集等。

「一九四七年の回顧」で黒田は北村太郎の評論「空白はあつたか」（「純粋詩」一九四七年三月号）と鮎川信夫の長詩「アメリカ」（同誌、四七年七月号）を取りあげている。「「空白はあつたか」と問題を投げたとき、遂に、之に答へる者は無かつたやうである。この問題には二つの意味が含まれてゐる。僕等の世代が特殊な意味を持つてゐることをくりかへし述べても、それは四十代には四十代の言ひ分があり、三十代には三十代の言ひ分があるやうに、徒にロスト・ゼネレイシヨンだと言ひ張るだけの愚に墜ちてしまふ。(略)自己をロスト・ゼネレイシヨンとして把握することに依つて未来に何を投げかけるか、といふ問題に達してはじめて問題は始まるのである。我々の生立の経過を辿ることは、必ずしも、未来に対する自己選択に繋つてゐない」、そして「アメリカ」については「発表されてから既に数ケ月、此の余りにも問題をはらんだ大作に対して、一体誰が之を取り上げて問題にしただらうか。(略)むしろ既成の「詩」といふ観念に囚はれない此の詩の切実さが、かへつて所謂「詩人」達には解せないものとしか映らなかつたのであらう」と指摘する。

第三巻第一号(通巻第二三号、一九四八年一月一日発行)。詩——長島三芳、三好、村松、田村、杉本圭子、鮎川、木原、小川富五郎、小野、福田。評論等——鮎川「詩人の出発」、中田耕治「現代詩への期待」、金澤誠「批判精神の行方」、肥後「ドン河の響き」、中桐「文化評論一月——アトミック・イーラ」、井手「同——マルオロと世界文学」、村井「同——ルポルタージユ文学について」、堀越秀夫「羽の生えたライオン——ジヨン・コリア」。〈広告〉「荒地」一月号、「芸苑」新年号、「戦後新人創作シリーズ」など。

金澤誠(一九一七—九二)は東京生まれの評論家で、後に学習院大教授(フランス史)を勤めた。「批判精神の行方」でいう。「もはや批評はニーチエのいふ様に「歴史の番犬」に終るだらうか。この時救ひは歴史よりも偉大な人間の創意の意図、美に対する強烈な意志が必要とされるが、かうした意志の作業は自体が益々孤立化し、空しい繰言となり相なのである。/この時、救ひが現はれた。僕は最後の逆説を語らねばならないが、それは思ひも掛けぬ原子爆弾の出現である。この人間理性の最高の発明が、人間のあらゆる夢を無に帰するとは何たる僕等の皮肉であらうか」。わが国の二都市への原爆の投下は現代とは比較にならないほどの衝撃だった。

第三巻第二号(通巻第二四号、同年三月一日発行)。こ

こで初めて月刊が途切れ、その後も第四号までは隔月の発行となる。この号より発行所が市民書肆（墨田区）に変わった。編集発行者の福田律郎はこれまでどおり。詩——岡留哲理、黒田、村松、北村、扇谷義男、中桐、井手。評論等——大塚睦「後ろむきの日」、同「大塚睦素描集」、小野「詩の革命」、福田「ブック・レビュウ——小説の運命」、肥後「同——はるかなる山河に」、木原「同——新しきフランスへ」、明智「詩壇時評」、堀越「エミリイ—フォークナーの短編をめぐつて」、柳沢三郎「恋愛に関する白昼夢」。中桐雅夫「第二回純粋詩詩人賞発表」。村松・福田「後記」。〈広告〉「綜合文化」四月号、「大学」三月号、「文芸大学」三月号、「地球船」「象像」第五号、「女神」、「CENDRE」第二号、「詩学」第六号、「雑誌研究」二月号など。

　第二回純粋詩詩人賞が発表された。選考委員は前回の福田、木原、鮎川、田村の四名に中桐、黒田、三好が加わって七名に。委員会は市川の福田宅で行われ、経営者の福田のみを選考の対象から外して、一九四七年に「純粋詩」に発表された詩と評論を選んだ。結局、詩は鮎川信夫「アメリカ」、そして評論も鮎川の「『燼灰』の中から」に決まった。第一回から一年、途中紆余曲折はあったにしても、福田と「荒地」グループのほぼ全員が純粋詩賞を一つにまとめて維持してきたことになる。

　同第三号（通巻第二五号、同年五月一日発行）。詩——石神哲、梅沢啓、児玉淳、岩淵巽、内山登美子、明智、村松。評論等——窪田啓作「アンケート—詩の必要——ある演奏会のプログラムの余白に」、小林武雄「同——倫理的表現と芸術的表現の統一としての象徴と類の革命」、中野泰雄「同——詩の理想像」、柳沢三郎「同——石胎の日に」、中田耕治「同——詩に対する質疑に答ふ」、昆野恒「昆野恒素描集」、福田律郎「風」、肥後泰彦「『戦後』を読んで」、井手則雄「詩壇時評」、堀越秀夫「ジョン・ドス・パソスについて」。村松「編輯後記」。〈広告〉「三田文学」五月号、「文芸大学」五月号、「CENDRE」第三号、「詩学」第七号、小野十三郎『詩論』、三好豊一郎詩集『囚人』など。

　同第四号（通巻第二六号、同年七月一日発行）。詩——

佐藤木実、北村、黒田、衣更着信、草飼稔。評論等——長光太「方法と肉づけとゆうこと——『マチネ・ポエテイク詩集』を読む」、村井「距離のない世界」、山下菊二「マルドロオルの歌——山下菊二素描集」、村松・井手・福田「雨季」、小野蓮司「振動立体派」、井手則雄「詩壇時評」、堀越秀夫「七万のアッシリア人」。村松「編輯後記」。〈広告〉「綜合文化」六月号、「日仏文化」第一一集、「三田文学」八月号、「大学」七月号、「Pioneer」、「詩学」第八号、『一九四八年度版新日本詩集』、堀口大学詩集『砂の枕』、菱山修三詩集『夢の女』、三好豊一郎詩集『囚人』、田中冬二散文詩集『三国峠の大蝋燭を偸まうとする』、『高祖保詩集』、『現代詩叢書』第一輯。

「雨季」は「「雨季」について」という評論と三篇の散文詩、村松武司「花」、井手則雄「交尾物語」、福田律郎「泥」からなっている。「荒地」グループの大半が退いたいま、新規巻き直しを図るべく「純粋詩」本来の役割を確認しようと意図した三者連名の文章である。「「雨季」は戦後のわが国の詩界に過渡的な役割を果してきたわれわれの詩作活動をここで本格的な主流に乗せ、久しく混乱してきた詩の領域にあつて一つの秩序たらしめようとする意図の下に書かれた。／われわれはいまブルジヨア的死の勾配に立つて上向的なプロレタリア的生に手を貸す位置にある。しかし、そこに辿りつくまでの長い不安と焦燥の時期。これはいつ果てるともしれぬ雨季をおもはせた。われわれが「雨季」に於て試みたものは、以上のことに加へて、この言葉自体が暗示する虚無的思想、暗い心理的意味、ムード、不吉な予感に対する克服である」。この文章を読めば、もはや「純粋詩」がそのままの誌名で継続することはあり得ないと誰しも気づくだろう。

三名の執筆者は、「雨季」を書いたエトス的契機から、これらの詩のうえに次のような有用性を付与することを認めてほしいと望む。有用性とは、一つには伝統からの絶縁、二つには新らしい文学はリアリズムの方法をとるという確信、そして三つめには散文詩を弁証法的に現在の詩形式とみる、というものである。そして詩を社会の有用に戻そうと考える。三篇の詩がこれらの主張や要求にいかに応えているかを詮索するのは酷というものである。これらの詩人たちもまた「極端から極端へと移行する政治的環境の中に青春を過してきた。そしてそのなかで熱狂した」。この昨日までの自己から脱出すべく、自己否定の場として「雨季」をしたためたのだった。

同第五号（通巻第二七号、同年八月一日発行）。詩――村松、大元清二郎、伊藤和子、馬淵美意子、梅沢啓。評論等――井手「遺毒物語」、小田雅彦「観念の流動性」、鈴木賢二「鈴木賢二木版画集」、井手「詩壇時評」、鮎川「現代詩の悲劇」、荒正人・福田律郎「往復書簡――「雨季」をめぐって」、加島祥造「二つの領土」、村松「編輯後記」。〈広告〉「近代詩」第一号、「作品手帖」「大学」八月号、「詩学」第九号、小野十三郎『詩論』、西脇順三郎『風刺と喜劇』、勝本清一郎『近代文学ノート』、渡辺一夫『無縁仏』、折口信夫『芸能史六講』、原民喜『夏の花』、増田渉『現代中国文学』など。

「純粋詩」通巻第二五号には「詩の必要――アンケート」に応じた五名の読者の回答が載っているが、鮎川の「現代詩の悲劇」はこれらの回答についての感想を述べたものである。おそらく編集者から請われての執筆とみられる。他の「荒地」の詩人はさておき、こうして鮎川はこの詩誌の終刊号にまで評論を発表したことになる。アンケートの回答について要請された感想を鮎川は「実際に表される詩というものに向き合わず詩の必要を単に観念的に処理しようという態度。なかには現代詩のことを殆ど考えたことのないような人さえいる。そして詩自体がこの上なく大きな報いであると答えられる自信を持つ詩人がいない」（要約）と手厳しく批判する。この部分を早々に書き終えて、あとは、新たに湧き起こった現代詩への思いを正面に見据えて自説を解き明かす。あくまでも几帳面な人であったようだ。

鮎川はいう。「詩を書くことは決して陶酔を得るためでもなく知的満足を得るためでもない。「真の詩一篇を書くことは一つの危機であり、詩人はそこを戦場のように潜り抜ける」。これは詩人への世辞ではない。少なくとも世人はそんなに詩作をヒロイックに感じていない」、「しかし詩作は一つの特権的状態である。それは人よりも余計に苦しむという特権である」「にも拘わらず「詩はそれ自体この上なく大きな報いとなっている」というコールリッジのことばと同じことを言う権利をすべての詩人は持っている。そのことを詩人の貧しい栄光のために断言してもよい」(要約)。

表紙扉に「本号で「純粋詩」を発展解消し次号から「造形文学」の題号の下に一般文芸雑誌として新運動を展開する」とあり、ほぼ月刊をまもり二十七冊を出した「純粋詩」はこれで終刊となった。村松の「編輯後記」には終刊についての記述は見当たらないが、奥付のページに「「造形文学」の改題について」と題した市民書肆の一文がある。「創刊以来27輯を経てきました「純粋詩」は、その間日本詩壇における最も重要な役割を果し、戦後の詩に秩序を与へてきました。そしてここにわれわれは危機に瀕した日本詩の伝統に一線を画し、新しい概念を以て再出発をせねばならぬ時期に到達したのであります。文学のなかに、詩精神の位置を主張し、混迷期にある散文を救助し、文学を有用に引きもどすために、嘗ての名称を改め次号より「造形文学」の題名の下に広く、文芸雑誌として活動を起す信念を固めました(後略)」。語調から福田の文とみられる。

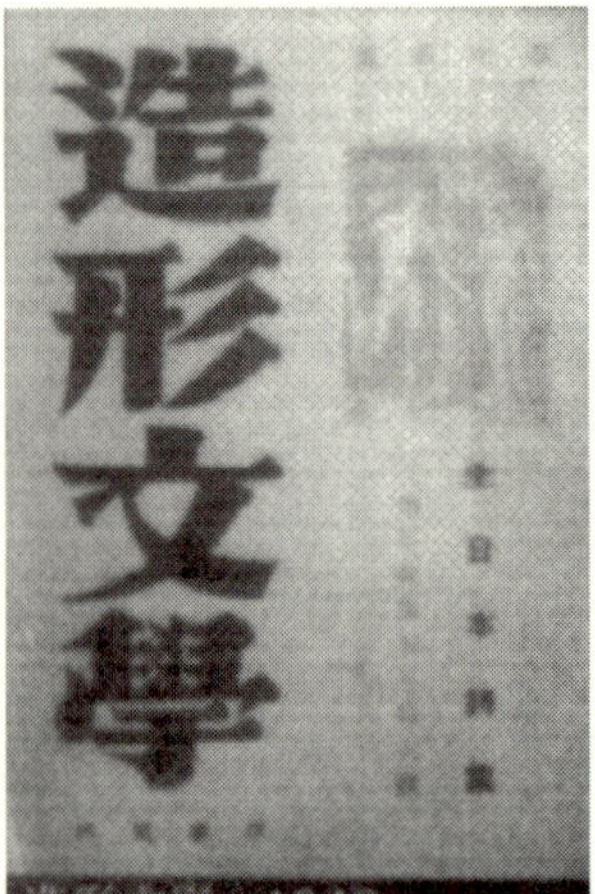

「造形文学」創刊(通巻28)号
(1948年9月)

「純粋詩」の終刊(改題)ということであれば、当事者の福田律郎にその経緯をまず聞いておくべきだろう。先に出した一文「苦悩のとき――「純粋詩」創成のころ」(「詩学」一九五七年十月号)の末尾に福田自身のことばがみえる。「一時代を生きた雑誌の運命は、編集者の気質や対人関係で決定づけられるものではなく、そこには編集者や詩人を動かす時代の背景がある。それは文学と政治の問題であり、この世代をコミュニズムという一本の太い線が貫いていた。これを受け容れるにしろ拒否するにしろ、誰もがこの思想を魂の課題とし自らの立場を形成してきた。具体的には、二・一ストを頂点として戦後の民主化闘争は複雑な段階に入り、そこから知識人の動揺が始まった。それに悪性インフレと中産階級の没落。そうした層を基盤としていた「純粋詩」の終焉も免れなかった」（要約）。二・一ストとは一九四七年二月一日実施を計画されたゼネストを指し、直前にＧＨＱの命により中止させられ、その後の労働運動の方向を大きく左右した。このとき福田は二十五歳。精力を注いできた「純粋詩」の継続にも決定的な転換を迫られたのだった。福田のことばには、自身を客観視しようとしながらも、遠回しながらの本音がにじみ出ている。

　すでに述べたとおり福田主導の「純粋詩」は二年目あたりから「荒地」グループの詩人を取り込んだ。戦後のこれらの詩人の出発に比較的安定した足場を提供した「純粋詩」の功績は大きかった。しかし「荒地」グループの撤退後、福田は左傾し、作品も散文詩型を用いたリアリズムに変わっていく。「純粋詩」は通巻第二八号（四八年九月）より「造形文学」と改題し、これには関根弘、長光太らが加わったが、一年余のちに第三四号で終刊となった（四九年十月）。その後福田を含む「造形文学」の同人の一部は五二年三月創刊の「列島」へと移っていく。福田は一方では「純粋詩」の改題とほぼ同時期（四八年八月）に日本共産党に入党し、末端の党活動に挺身した。結核を患い、六五年六月に党員として一期を閉じた。「岡田（芳彦）や福田（律郎）にとって、「詩の革命」はついに一過性の幻想に過ぎなかったのか」と当時を知る平林は嘆息する。[2] 福田にとっては「純粋詩」を中心に据えて、その前の「日本詩壇」、その後の「造形文学」、「列島」と自らの拠り処を確保しながら創造の意志を貫いた四十三年の人生だった。

　ついで「日本詩壇」以来の福田の盟友、小野連司の回想を聞いてみよう（「地球」第四七巻秋季号、六九年、「「純粋詩」の回想」）。小野は福田とは戦時中の「日本詩壇」から「造形文学」まで行動を共にし、秋谷豊とも親しかった。しかし「純粋詩」の舵取りは年下の福田の思いのままに任せ、遠く函館住まいということもあって、自身はいくらか距離を保って補佐役に回っていた節がある。

「（昭和二十二年になってから）『純粋詩』の第二次が始まり、鮎川、中桐、田村、三好、黒田、木原、北村が加わってきた。戦前の中学生時代から『新領土』や『ＶＯＵ』に書いていたエリート達である。丁度その頃岩谷書店で『ゆうとぴあ』を発行することになり、秋谷はそちらの編輯部員として移っていった。福田は『純粋詩』が鮎川達の作品で埋まるようになったにも拘らず私に『現代叙事詩論』を書かせた」。翌年七月中旬、小野は、「純粋詩」を大改革するから急ぎ上京せよ、という手紙を福田から受け取る。東京では福田、村松武司、佐藤木実、井手則雄のほかに鮎川とも顔を合わせた。骨董品を好み古賀メロディーを愛好するこの前衛詩人と、小野は早くも打ち解けた。

もっとも結果として福田が井手の意向に同調して「造形文学」と改題することに決まった。その創刊準備委員会は福田の家で開かれたが、集まった顔触れを見ると新日本文学会の若手作家と評論家が多かった。なかでも関根弘の雄弁が一際目立った。しかし「造形文学」は四冊を出して終わった。秋谷のことについては「私が知った当時の秋谷豊は、『若草』や『四季』『文芸汎論』に投稿していたが、その傍らガリ版で『地球』を出していた。その頃の彼は田中冬二氏や『新詩論』の北園克衛氏の郷土詩運動の影響を受けていた」らしい。「ゆうとぴあ」が「詩学」に変わることになって秋谷は岩谷書店をやめ、「地球」を活版で発行することとし、小野も誘われる。「地球」には木下夕爾や赤井喜一がいて親近感がもてた。一方、「荒地」の鮎川らは年刊「荒地詩集」の発刊を企画し、他方では福田、井手、村松が「列島」の同人となる。小野はその後三度目の結核に苦しめられて詩論の筆を折り、北海道七飯町の国立療養所で回復に努めた。

「純粋詩」創刊の主力同人であった秋谷も後年この時期の回想文をしたためている（「『地球』の五十年と私」、「地球」九七年六月号）（資料14）。

「純粋詩」と同時に創刊され、併行して発行された「新詩派」と「純粋詩」とのかかわり、とりわけ両詩誌に（時期のずれはあるが）詩や詩論を発表していた

「荒地」グループとのからみ具合は、当事者でないと分かりにくい面がある。幸いにも「新詩派」の主宰者であり「純粋詩」とも「荒地」詩人とも忌憚ない関係を保っていた平林敏彦は、さまざまな場面での相互のやりとりをありありと回想している。(2)

「荒地」創刊号（第２次）
（1948年９月）

「「純粋詩」は四七年一月号から福田律郎を代表者に田村隆一、鮎川信夫、三好豊一郎、北村太郎、中桐雅夫が編集委員になっている。その前年九月に「新詩派」の発行が中断されてから、ぼくは田村に復刊の見通しを伝えることができなかったが、福田は経営危機を乗り切って荒地グループに協力を求め、定期刊行の体制を固めた。しかし「新詩派」にしろ「純粋詩」にしろ、荒地グループにとっては作品を発表する場所を持つまでの限定的な参加で、すでに敗戦直後から鮎川を中心に「荒地」創刊の具体策が検討されていたのである。福田はどう考えていたか知らないが、荒地グループが当面の発表場所として危な気のない「純粋詩」を選んだのは賢明な判断だった。かくして一九四七年の「純粋詩」は荒地グループの活動によって、初期の「近代文学」を凌ぐともいわれるアバンギャルドの磁場になったのである」

　平林当人に言わせると「純粋詩」と「新詩派」の経営手腕は月とすっぽんだった。「純粋詩」はＢ６横綴四十八ページ税共二円五十銭、秋谷の話では発行部数なんと三千部、日販のルートを使って創刊号の返本はわずかに六十一部。それに比べると「新詩派」はＡ５二十八ページ、売価三円、発行部数わずか三百部で大部分は寄贈。先行の「鵬」創刊号はさらにつつましくＡ５十二ページを二百部、売価一円だったそうだ。これら三誌はそれぞれに前世代の作家や詩人の寄稿を得て戦後の詩の世界に巣立ったのだった。新旧世代が混在した過渡期ともいえる。

当時は印刷用紙の割り当てによって雑誌を制作するのだが、それを待っていては定期刊行物を発行できない。福田にしても「純粋詩」を遅滞なく出すために公定価格の三倍から五倍したヤミの洋紙を買うしかなかった。空襲を免れた福田の家の家財が「純粋詩」を出す度に一つずつ消えていったという（これは木原の話「日本の詩の流れ」、一九七五）。制作費捻出の目処が立たず「新詩派」の中断が長びく間に、福田は田村に協力を求めたのだろう。福田は「荒地」グループの三人が参加していた「新詩派」の誌面に魅力を感じ、「詩のカーニバル」でかれらと接触したこともあって「純粋詩」の出直しを思い立ったと考えられる。「昭和二十一年度詩集」（「純粋詩」四六年十二月号）の企画には木原も加わっていたようだ。木原は少年時から「VOU」に所属していて、秋谷や福田とは戦時中から付き合いがあり、詩人たちの動向に詳しかった。その事情を知っていた福田は秋谷や木原の存在を潤滑油にして「荒地」グループと「純粋詩」の融合を図ったのだろう。「新詩派」から「純粋詩」に移行したことについて田村は何も書き残していない。

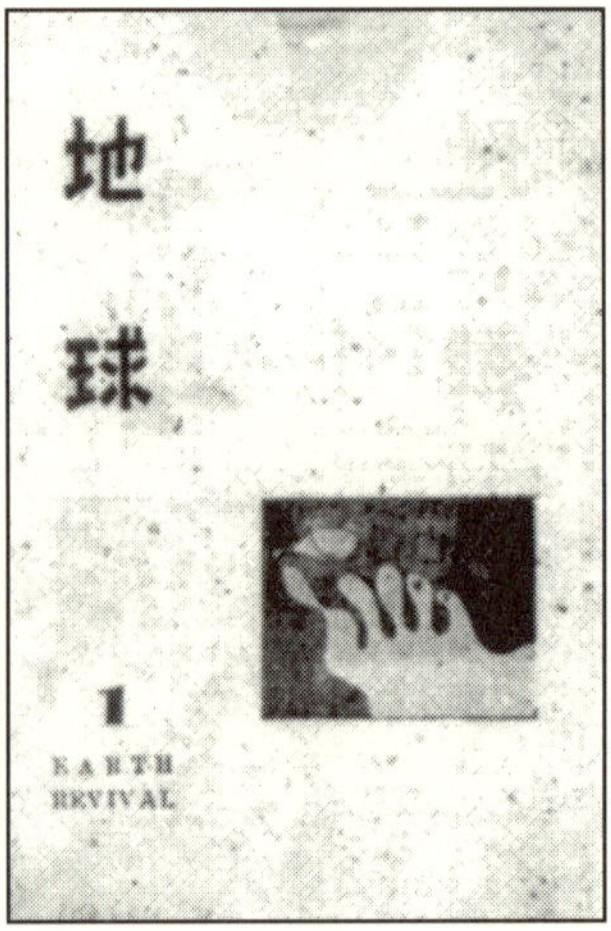

「地球」創刊号（第３次）
（1950 年 4 月）

最後に木原の回想（前掲、「世代」五八年九月号「戦後詩壇盛衰期・2」、「ユリイカ」七〇年十二月号「戦後詩物語」など）をもとに「荒地」が出るまでのいきさつをかい摘んでまとめておこう。「純粋詩」が出した福田・田村連名の「昭和二十一年度詩集」（通巻第一〇号）の原稿依頼状をきっかけにしてお茶の水駅前の駿台サロンに集まったのは、鮎川、中桐、三好、北村ら旧「LUNA」の詩人たちが中心だった。「荒地」グループにとってやはり田村が「純粋詩」への窓口だった。こうして「純粋詩」の改革は、それまで踏ん切りのつかなかった「荒地」グループの詩人たちを一堂に呼び集める転機にもなった。その後は下総中山の福田の家や三鷹の木原の家にも集まるようになり、こんな集いが何回かつづくうちに、評論雑誌を出そうという話が出た。そして福田と木原の編集で「詩評論」第一号が刊行された。「詩評論」は四つ折りの新聞型で、費用は岩谷書店が出してくれた。が、売れ行きは惨憺たるものだった。その結果，編集は田村に引き継がれ、田村はいつの間にか岩谷健司を口説き落として、これを「荒地」に変えてしまった。岩谷書店発行の第二次「荒地」は一九四七年九月に創刊された。当時の岩谷書店は探偵小説の雑誌「宝石」の売れ行きが好調だったので、「荒地」の刊行は社長の道楽として赦されていたらしい。ただし田村の編集は第二号までで、その後は黒田が編集し、発行元は東京書店になった。この「荒地」グループの動きが刺激になって、総合詩誌「ゆうとぴあ」（岩谷書店）もやや趣味的な流れを捨てて「詩学」（城左門、木原孝一、嵯峨信之編）と改名し、同年八月に創刊された。

繰り返しになるが「荒地」が創刊されるとこのグループの詩人はしだいに「純粋詩」から遠ざかっていった。「純粋詩」には井手則雄たちが加入していて左翼的傾向を示すようになり「造形文学」と改題した。しかし「造形文学」も一年余で終刊となった。福田はますます左傾化してオルグ活動をつづけるが、数年ののち市川の国立病院で亡くなった。木原孝一は「私たちが『純粋詩』を離れてからの福田の気持ちが、私にはいまよくわかるような気がする。福田は自分の雑誌として『純粋詩』を守るかわりに、自らの詩を捨てたのだ、と私は思う」と書いている（「戦後詩物語」）。詩とは冷酷で、きびしいものだ。詩人と詩人とのあいだには、詩を通じての友情のほかにはどんな友情も存在しない。戦後の二十五年間だけを限ってみても、どれだけ多くの詩人たちが詩を捨てていったか。木原は福田への言い訳ともつかず回想する。

「純粋詩」の章を終わるにあたり「雨季」（通巻第二六号）から福田の詩を一篇。

泥　　　　　　　　福田律郎

泥が乾かない。が、この路地は勾配にあつておもひがけぬときにふいに陽が射しこんでくるのである。するど、人々は小さな声をあげた。

アパートの窓から泥まみれな黒い長靴下が吊り下がる。その上にいくつもの顔がのつた。路地が狭いので、誰かが入つてくるとこのあたり一帯に不安がひろがるのである。

ときに人通りも淋しいわけではなかつた。

この街を僕はどこかで見たことがあつたのではないかとおもふ。精肉店の飾戸棚に灯がはいると、この硝子戸はここに立止つた人々をレントゲンの透視にかかつた人体のやうに写し出すのである。薬局。とほく工場の上に金貨のやうな月がかかる。少年。指輪。羅紗屋を出た少女がウインドのまへを軒伝ひに歩いてくる。足早に。僕に逢ひに。

当然の順序としてこの路地の人々はけしからぬ疑ひをもつて僕を見た。

つぎに断念した。

夜更ければ、僕はこのあたりの安ホテルの一室に泊り、信じるか、怖れるか、讃へるか、このうつくしい悔恨の過程を通らずになんの善意であらう。と、異国風な容貌の友人と語りあふのだ。

資料14　秋谷豊「『地球』の五十年と私」(「地球」一九九七年六月号) 中の「戦後詩の出発」から関連部分を以下に引用する。

「敗戦で失業した私は仕方なく、鴻巣の中山道に面した家の土間を改造して、「田園書房」という貸本屋を開いた。東京の焼け跡で福田律郎たちと、『純粋詩』の創刊にとりかかったのは昭和二十年九月。十月の交書会に、私は市川の福田律郎を連れて行った。『純粋詩』創刊の構想はすでに立てられていたが、決定したのはこの時であった。岩佐東一郎の『近代詩苑』創刊は昭和二十一年一月、『純粋詩』は同年三月。闇紙をリヤカーに積んで、深夜、品川の印刷所へ運んだ。マッカーサー司令部の検閲で原稿が削除されることもしばしばあった。交書会に来た長田恒雄が『ルネサンス』、中村千尾が『女性詩』を創刊するのも同じ時期である。岩佐は北園克衛と共同編集で『近代詩苑』を出したが、昭和二十一年の預金封鎖で資金難となりついに終刊となった」

「私が岩谷に入社したのは、詩の雑誌『ゆうとぴあ』（現在の『詩学』の前身）創刊の準備のためであり、鴻巣から満員の貨物列車に乗って毎日、神田の焼け跡のビルに通った。神田から日本橋、銀座まで一望の焼野原であった」

「九月に『ゆうとぴあ』創刊。これは『近代詩苑』の用紙配給権を譲り受ける形で岩佐さんの苦境を助ける意味もあったと思う。『ゆうとぴあ』は一万部発行し、たちまち売り切れとなった。詩一篇に百円の原稿料を払ったのも詩人にとって前代未聞の出来事であった。

兵営や戦場から復員してきた青年詩人たちは、神田駿河台の壁のくずれた落ちた「駿河台サロン」という居酒屋に集まった。鮎川信夫も、黒田三郎も、栄養失調でひょろひょろしていた。『近代文学』の荒正人たちもやって来た。久喜に疎開していた荒さんとは上野駅から最終列車に乗って一緒に帰ったこともある。客車を二、三輛連結しただけの貨物列車であった。

「駿河台サロン」に集まった詩人群像は正に第一次戦後派の出現といってもいいものであった。鮎川信夫、黒田三郎、松村文雄（北村太郎）。中桐雅夫。木原孝一。三好豊一郎。田村隆一。福田律郎。秋谷豊。平林敏彦。牧章造。柴田元男。佐藤木実。内山登美子。村松武司。名前は全部あげきれないが、主として『純粋詩』『新詩派』などに拠る詩人たちであった。少しおくれて井出則雄。関根弘。彼らは『文化組織』を発刊し、のちに『列島』を創刊する」

11　超インフレに翻弄された戦後初の総合詩誌
――「近代詩苑」全三冊

すでに「新詩派」の章でも触れたように、戦後のインフレーション対策として当時の幣原内閣が一九四六年二月に発表した新円切替とそれに伴う預金封鎖などによって国民経済は混乱の極みに達した。間がわるくその直前に創刊された「近代詩苑」は煽りをくって三冊を出すのみで終刊となった。しかし、少なくとも東京で戦後創刊された最も早期の詩誌として記憶される「近代詩苑」は、同人誌ではなく営業誌として発行されたことでも特筆される。「近代詩苑」の刊行時期は短かったが、これを引き継ぐかたちで発行された「ゆうとぴあ」（全六冊、四六・九―四七・四）を経て「詩学」（四七・八―二〇〇七・九）へとつながる戦後の総合詩誌の原形となったこと、そしてこの詩誌の性格から詩作品よりもむしろ戦後初期の詩論や批評が多彩であることに注目して、この小文でも取りあげることとした。

「近代詩苑」創刊号（第一巻第一号）は四六年一月二十五日に近代詩苑社から発行された。二十四ページだて、定価二円。奥付の編集発行人は岩佐東一郎、これに編集者として北園克衛が加わる。

創刊号には目次がないが、次号以下の形式に倣い執筆者名と表題を記す。評論――安藤一郎「詩と合理主義の精神」、中桐雅夫「戦後の詩」、木原孝一「純粋詩の新しき命題に関する考察」。詩――堀口大学、岩佐、人見勇、田中冬二、岡崎清一郎、秋谷豊、笹沢美明、滝口武士、阪本越郎、殿岡辰雄、藤田重幸、小林善雄、城左門、赤井喜一、西田春作、大島博光、西条八十、八十島四郎、北園。随筆――徳川夢声「桜もみぢ」、戸板泰二「いい役者」、古谷綱武「涙ぐむ」、相磯凌霜「竹窓不換妓之書」、北園・岩佐「地球の裏表」。岩佐・北園「季節の卓」（後書き）。ほかに「黒板」（読者への通知）、「近代詩苑第一回詩文化講座開催」の通知――日時は二月十日午後一時、丸ノ内生命保険協会講堂、講演者は安藤一郎、笹沢美明、城左門、神保光太郎、村野四郎。巻末の「執筆者展望」ではほぼ全執筆者の現住所とともに、罹災・無事・疎開・復員などの文字で各人の現状を伝えている。〈広告〉詩集『天の繭』（天明社）、俳句・随筆誌「春燈」（春燈社）、「NEPTUNE」発売予告。

後書き「季節の卓」の一節をまず引いておこう。

「終戦後、あらゆる雑誌がそれぞれ創刊し復刊したのに、一冊も詩誌の回復創刊の見られぬのが口惜しく残念な余り、現在が、戦時下にもまして、困苦の途であることを承知の上で、私どもは、敢然と詩誌復興のトツプを切つた」（岩佐）、「長い苦しい戦ひが去つてから既に半歳を経た。僕たちはこの国の無智な戦争責任者達への痛憤のなかで粉砕された文化の破片を蒐めてまた新しい文化のコロネイドを創らねばならない。この理性的な意欲が十年間に互るいまいましい思ひ出を忘れさせる事を希望する」（北園）。この時期にはまだ北村太郎「空白はあつたか」（「純粋詩」一九四七年三月号）などの戦後詩人の側の評論は出ていないが、両者のあいだの戦時・終戦への見解の相違は明らかである。

営業誌のゆえか、さまざまな詩人や文芸家が執筆に加わっているが、編集発行者の人脈を反映して戦前の「文芸汎論」の寄稿者が目につく。それゆえ「新詩派」「純粋詩」などの同人誌とは異なり、旧詩壇の大家を含む先達詩人、先行詩人が多くを占めている。むしろ「ＶＯＵ」との関連で加わっている若手の黒田三郎や木原孝一のほうが目立つ存在である。

創刊号冒頭の小論は安藤一郎の「詩と合理主義の精神」である。この文は、前年五月に罹災し、その後の生活の立て直しに紛れているうちに終戦日がきてしまい、いま健康を取り戻して机に向かうようになっても、急いで仕事をする必要はないように思われる――といったもの憂い調子ではじまる。しかし、これまでの拘束から解かれてまず動き出すのは「批判」の精神だった。「詩と合理主義の精神――一見、両つが撞着するやうな命題だが、決して、さに非ず。詩を非合理の如くに解釈するのは、観方の低俗によるのか、思想を欠如してゐるときである。（略）詩に、非合理の錯綜するときは、知性の衰微を証する。つまり、思想がないからである。一種のデカダンスがさうであり、また、既成観念による定着もさうである」と述べる。すでに戦後詩人たちが主張したように、ここでも先行詩人安藤一郎がまた期せずして「批判精神」と「思想」を鍵語として掲げている。

中桐雅夫「戦後の詩」は、明治以来日本のあらゆる文明は奇怪な空中楼閣として発展してきた——という萩原朔太郎（一八八六—一九四二）のことばを紹介してはじまる。そして、少々解りにくいが、戦後の詩に求められるものとして二つの仕事を挙げる。第一の仕事は感受性の洗練である。感受性は情緒の奴隷となるべきでなく、思想の奴隷にもなってはならないという。言い換えれば、何者にも左右されない独自の見解を鍛えよ、ということなのだろう。ここでの「思想」はマルキシズムの思想というように狭義に解釈するのがよい。第二の仕事はプロパガンダの支配から詩を護ることである。これは戦時中の一部詩人たちの作品を思い返せば、それ以上の説明は要らないだろう。「この四年間をブランクにしたくないといふだけの理由から、いかに自己を欺いた詩が発表されたか。殆んどすべての詩人は、沈黙に堪へられずして、或ひはながい不在によつて、詩壇から忘却されることを恐れて、いはゆる愛国詩のペンをとり、蕪雑な詩を書いた」と中桐は昨日のように思い返す。

「近代詩苑」創刊号（1946年1月）

不在や沈黙によって自身の詩的存在が忘れられることを恐れ、何でもいいから書いておこうとする心情はいつの時代の詩人にもつきまとうが、そうした〝自己を欺いた蕪雑な詩〟が戦時に限っては負の効果をもたらすことを自覚していた詩人は稀少であった。ここで中桐のいうブランクはのちに北村太郎の指摘した「空白」に近いものがある。

木原孝一「純粋詩の新しき命題に関する考察」はまず、「詩の対象は（面白い思考をつくること）である。（面白い）と云ふことは critique d'omoshiroi である」という西脇順三郎（一八九四―一九八二）のことばを引用し、この思想はエトネ的精神と共通のものをもち、あらゆる詩を純粋詩と抒情詩とに分類する一つの基準であるという。そして「かつて純粋詩と呼ばれた純理的な詩。趣味的に高踏派と呼ばれ象徴詩と呼ばれた抒情詩を以てこれからの詩の使命と考へることも許容し得ない。何故ならばかつてそれらの位置してゐた文化と爾今建設されるべき文化との型態は違はねばならないからである」「従来の純粋詩を絵画的彫刻的なるものと考へれば新しいそれは充分ドラマテイツクな意思を示してゐると言へる」。意識して「読点」を除いた文章は、木原の評論としてはめずらしく難渋で明解さに欠ける。いまだ考察半ばではなかったのだろうか。

招かれて書いた大御所たちの詩は形をつけただけの作、一方の新人と目される人たちのこの時期の作もいまひとつ内容が浅い。岩佐の「エピグラム」や北園の次の作はともに表現はまだ硬いが、さすがに敗戦直後の現実をよく見据えている。「エピタフ」は墓碑銘、「やばだい」は邪馬台である。

エピタフ

北園克衛

かつては美の一形式であつた
死はすでに醜い
嘘偽によつて飾られたかれらは
嘘偽とともに死の陰に隠れる
そしてすべての腐敗は
彼らの墳墓の底におよぶだらう
国は裂け
海はちぎれて
人民は葦のごとく戦慄し
やがて石の上に眠るとき
永遠の空のみ青く
風化した廃墟の上に
空虚な太陽とともにあるだらう
愛もなく
智恵もなく
小鳥も去り
神神の嘲りの声もとだえて

一輪の菫のごとき国
やばだいの末
ここに亡ぶ

「近代詩苑」二月号（第一巻第二号）は一九四六年二月二十五日に発行された。編集者等は前号と変わりない。

評論――黒田三郎「詩人の経験に就て」、小林善雄「詩の国際性」、奈切哲夫「芸術と民主主義」。詩――安西冬衛、北園克衛、村野四郎、吉木幸子、中村千尾、国友千枝、長井照子、江坂日佐子、江間章子、武田武彦、近藤東、山本清志、木下夕爾、八束龍平、草飼稔、勇伊秀俊、古川晴男、木本賢二郎、松浦彈、坂本藤良、佐伯郁郎、岩佐東一郎。随筆――城左門「終戦後」、斎藤昌三「物言へば秋の風」、長田恒雄「文化教室と辻音楽」、岡崎清一郎「鶯館書房開店」、野田宇太郎「太田博士のペンネーム」。加えて「地球の裏表」「執筆者展望」「季節の卓」「黒板」。〈広告〉笹沢美明詩集『美しき山賊』および近刊書（世界文芸評論社）、詩誌「女性詩」四月創刊予告（女性詩発行所）、文芸誌「思潮」創刊号および近刊書（昭森社）、詩誌「詩文化」四月創刊予告、「新詩派」三月創刊予告（新詩派社）、「純粋詩」創刊号、第二号予告（純粋詩社）。

創刊号は大家や先達詩人の作が多くを占めたが、本号では新人の作をできるだけ発表するように苦心したと北園は後記に記す。「そして漸く主知派の作品が浪漫派の圧倒的な世界を蚕蝕し始めたのを認める。ただ主知派の人々が単に諧と詩の軽重をあげへつらつてみたり、一寸した思ひ付きの奇抜さに溺れてゐるやうでは心細い。すくなくともそれらが深い哲学的思弁につながり或ひは裏づけられてゐない限り屋上の雄鶏の有頂天に終るだらう」と北園は感想を述べる。ここでもまた戦後の詩に「思想」の不可欠なことが主張されている。

「詩人の経験に就て」は黒田が戦後最も早期に書いた評論である。詩作品が客観的な文化財であり得るのに対して、それをつくる詩人は漂える存在であって、一定の社会的な制約下で生きそして死ぬ。作られるものと作るもの、その間には風にそよぐすすきのような美しい戦慄がある、と黒田は思う。いま読めば何でもないことなのだが、戦時を通りすぎてきた詩人にとっては感慨深い思いであったのだろう。「詩は詩人の体験以外からは生れはしない。といふことは、詩人の想像力を養ひ育てるものが彼の体験であるといふことである。／まざまざと描くためには何よりも先ずまざまざと見なければならない。それは必しも読者に対する詩人の良心の問題でもなく、また必しも現実の写真をとるためでもない」とも書く。

「詩の国際性」で小林善雄は、わが国の凡てのものが国家主義から国際主義に置き換えられていると き、文化、芸術の分野でも、この急カーブに混乱しないように慎重に歩みだそうと警告する。また小林は、「国民詩や戦争詩の足跡は決して無駄なものではなかつた。すべての詩人たちは、国民詩の時期に於て、如何なるテーマのもとにも、詩を破壊しない力を養つたし、同時に詩の倫理性が、知らず識らずのうちに付与されてゐた」が、「国民詩は応々テーマが先行し意識的にテーマを盛り込んだり、或は単なる現実でしかなく、さうした脆さのため、いつの時代にも高く評価される不易の価値を生みだしたものは少かつた」という見方を示す。

「芸術と民主主義」で奈切哲夫は、現在の日本に芽生えつつある民主主義は資本家のものであってはならず、万民の民主主義でなければならないと唱える。加えて、わが国の女性の文化程度の低さは女性がこれまで奴隷的待遇に押し込められてきた結果であり、今後あらゆる面で女性は開放されるべきだと主張する。奈切の述べることに前時代的違和感を覚えるまえに、戦後七十余年を経た今日までなお尾を引いている男尊女卑の残渣に思いを致すべきなのだろう。この評論で奈切は現代詩には言い及んでいない。奈切は戦前から「新領土」などの同人、戦後は同誌を復刊して編集に携わるなどして活動した。

随想「終戦後」で城左門（一九〇四―七六）は、「我々は騙された」ということばを戦後よく聞くが、滑稽にして可憐な感想であり、騙したと目される側が非難されるのは当然だが、騙されたといって触れ回るのも正直を見せびらかすようで組できない、という。城の文章は戦時発行の「麦通信」（12章）でも読んだが、いつも気持ちに余裕をもっていた人のようだ。斎藤昌三の随想「物言へば秋の風」のなかに、一部の新聞で国宝を売って食糧の代償にせよと論じている話が出ている。一時期の巷談かと思っていたが、新聞がそれを提案していたとは知らなかった。岡崎清一郎（〇〇―八六）の随想「鶯館書房開店」は、生活費を稼ぐために蔵書を元手に貸本屋を開く話である。世の中が活字に餓えていた時代、手許の蔵書で貸本屋を営んだ話はよく聞いたが、空襲に遭っていればそれも叶わなかった。

戦の終り　　　村野四郎

太陽がしづかに
私の体に輸血してゐる
頭髪をかくと
バラバラ私から脱落するものがある
なんて永い病院生活だつたらう

私のしぐさを
紅葉した倭い庭樹たちが
女学生のやうに
ならんで見てゐる
「いやあねえ」と言ふやうに
「可哀相ねえ」と
ささやき合ふやうに

彼女達のきれいな眸の中で
にはかに官能がほぐれ
私の耳は　はじめて赫くなる
少年の日のやうに

「近代詩苑」三・四月号（第一巻第三号）は一九四六年四月二十五日発行。編集者等は前号と同じ。
評論――藤田三郎「文化再建の詩論」、笹沢美明「詩人の完成――クラシシズムとロマンテイシズム」。詩――北川冬彦、岩佐東一郎、山中散生、相田謙三、人見勇、安藤一郎、今田久、佐藤初夫、赤井喜一、浅沼冬雄、志摩一平、保坂加津夫、江木いづみ、菱山修三、園部亮、明智康、川藻弘、飯野晃二、山田和也、村上菊一郎、城左門。随筆――萩原達「詩を郵便切手に」、堀寿子「其前夜」、硲真次郎「言語失調」、河井醉茗「泣菫を憶ふ」。加えて「ART POÉTIQUE」「地球の裏表」「執筆者展望」「黒板」「季節の卓」。〈広告〉「ルネッサンス」創刊号（暁書房）。

「一九四五年、アジアに於ける日本の十数年に亙る侵略戦争も亦終つた。帝国主義日本の崩壊は必ずしもアメリカの外部的圧力によるものではなく、寧ろ当然なる敗戦を導いた内部的諸要因の齎した歴史的必然としての内部的自己崩壊である」。冒頭の詩論、藤田三郎（一九〇六―八五）の「文化再建の詩論」にはこのような明快な文が置かれている。そして主論では「民主主義文化再建の為には、詩人は先づ芸術詩的文化を封建的イデオロギーから解放しなければならない。その主要なる分野は、詩的文化ファシズムたる和歌、俳句、韻律詩の掃蕩である」と主張する。戦時中の戦争煽動文芸の五七調の言い回しがいかに多くの無垢な青少年を戦地に駆り立てたか、藤田には、その一見快い声音が忌々しく耳にこびり付いて離れないのだ。城左門はこれを「舌ッたらずな万葉口調」と呼んだ（「近代詩苑」一月号）。短歌や俳句に限らない、韻律詩の形をとった行分け文が、いかに大手を振って幅を利かしていたか。詩人は日本語における韻律の魔術をも研究しなければなるまい、と藤田は考える。そして詩人はこうした詩的文化の残存封建性を掃蕩し、大正期の自由詩の再認識よりはじめて、韻律に頼らない現代詩から再出発すべきだと訴える。藤田は埼玉県本庄町（現本庄市）の生まれ。戦前に「詩之家」（佐藤惣之助主宰）に加わり、戦後は同誌の復刊を果たし、編集者となった。また「リアン」の編集発行者を務めた。著書には竹中久七、髙橋玄一郎との共著『近代詩話』（リアン社、三八年）などがある。

笹沢美明「詩人の完成」は文学での古典主義とロマン主義の相互依存を総論として解説する。ロマン主義は人間性探求の活動を活発化する一方、古典主義は規範と典型をもってロマン主義の奔放さを制動しながら一つの形体を与える。古来からの偉大な作家詩人たちは古典主義によって作家としての基礎を固め、その後にロマン主義を取り入れて開花している。わが国の最近の詩壇が些か停滞を呈する観があるのは、白秋、朔太郎、惣之助といったロマン派の性格をもつ詩人を一時に失ったせいではないか、現在の詩人がこれら三人の華々しさに及ばないのは、まず時代がかれらに古典的な教養を身につけさせようとしている故ではないか、と笹沢は推理する。

詩学　　岩佐東一郎

友よ　君は笑ひながら云ふ
この戦争は幸ひにも
僕らの青春をモラトリアムしたと

いま　モラトリアムは開放された
良貨を持つて僕らは払ひ出さう
詩のインフレーシヨンには制限がない

僕らは小切手に署名するのに忙しい
余りにも多くの支払ひが溜つてゐるから
まるで魔法の銀行だねこれは

友よ　君は笑ひながら云ふ
この戦争は不幸にも
僕らの真実を徴用出来なかつたと

詩文化雑誌と銘打つ「近代詩苑」のコラムや「地球の裏表」欄から興味のある記事（要約）を以下にいくつか。

〈ローマからのラジオ放送によると、反逆罪に問われたエズラ・パウンドは鑑定の結果、精神異常と認められ、ワシントンのセント・エリザベス病院に移された〉

〈読売新聞によると主要雑誌一九四六年新年号の発行部数は次の通りだった（単位万）。新生 一五、中央公論 八、改造 八、世界 八、文藝春秋 一〇、富士 五〇、日の出 二六、オール読物 六、新青年 五、主婦之友 三三、婦人倶楽部 五〇、人間 一〇、文藝 三、近代文学 一、新潮 〇・五、展望 五、日本短歌 〇・二五〉

〈昨冬、気の抜けた幽霊のように（戦時の半官製詩誌）「詩研究」と「日本詩」が何の再刊の意義もなく書店に現れたのには、他人事ならず屈辱感を覚えた。愚劣な内容によって詩人のボイコットを受けてたちまち廃刊に陥ったのは当然の結果だ〉

〈第五回文化勲章授与者六名のなかに岩波書店主の岩波茂雄氏の名があり快報だった。間違っても講談社や新潮社の主人には授与されないだろう〉

〈米国の大衆誌「コロネット」を見ていると、各頁二色刷、原色刷の美しさに陶然としてしまう。「リーダース・ダイジェスト」の日本語版が刊行される由だが、原版どおり二色刷でなかったら淋しい〉

〈ラジオ番組の単調さに飽き飽きする。一日も早く民間放送局が設立されて、自由に愉しめる番組が編成される日が待たれる。広告放送などもやるべきだ〉

近代詩苑社主催の「詩文化講演会」の報告を企画者の岩佐が記している。講演会は二月十日に有楽町の生命保険協会講堂で催され、明智康が司会を務めた。演者と演題は8章に記してある。講演要旨を次号に特集する予定であったが、終刊となり果たせなかった。

あとがき「季節の卓」に北園は「今や所謂中堅の詩人達に於てさへ、単なる空名を擁して没落の断崖にのけぞつてゐる者のいかに多いことであらう」「自分はこの「近代詩苑」を編輯するに当つて、その有名と無名とを問はず、すべての詩人のための強烈な詩のラボラトリイであらしめたいとねがつてゐる」と記し、本号をもってこの詩誌が店じまいせざるを得なくなる兆しをまったく感じさせない。「黒板」欄にも本誌の今後の予定などを事細かく記入している。

「近代詩苑」は第三号（一九四六年三・四月号）をもって終刊となった。すでに別記したが、終戦翌年二、三月に実施された金融緊急措置令（新円切替と預金封鎖）のあおりをくって経済的に成り立たなくなったことが終刊の動因とみられる。しかし「近代詩苑」を受けるかたちで同年九月には「ゆうとぴあ」（岩谷書店）が発刊された。創刊号の編集発行者は城左門、加えて武田武彦、秋谷豊、岩谷健司が編集を担当した。「党派に偏せず、飽く迄も公器としての存在性」を追求する編集方針は「近代詩苑」の志向を受け継いでいる。

「ゆうとぴあ」創刊号の後記から編集者それぞれの思いを表すことばを挙げてみよう。「その時代の最も良き反映であると共に、最も豊富なる文学地帯であらうとすることが、（略）本誌の目的である」「事務的に、

「近代詩苑」を継承したが、精神的には些の束縛をも受けるものではない」「編輯は、（略）所謂既成詩人は僕だけで、他の三氏は新進気鋭の若き詩人である」（城）、「（本誌は）あくまでも新人のための母胎たらんとする。未来ある若き才能に対しては、何れの詩派を問はず、僕たちはこれを支持するであらう」（秋谷）、「本誌は詩壇の公器として詩壇内部の回覧版的存在たるよりも寧ろ詩壇外部への詩壇の公開状的存在でありたい」（岩谷）。ここで城のいう事務的な継承には編集の引継ぎだけではなく、「近代詩苑」に投稿されていた作品や講読費の前納分の処置が含まれるとみられる。

創刊号の巻頭は三好達治、第二号は西条八十のそれぞれ文語調の短詩によって飾られた。同人誌発刊を目指す若い戦後詩人たちに何らかの違和感を与えたに違いない。もっとも全国の〝温厚な〟投稿者、講読者に注目されるには先達詩人、先行詩人の名声に頼ることもまた一つの手立てであったのだろうか。同じ号の匿名の「詩壇時評」（資料15）には既成の詩人たちへの批判もあり、それはそうだろうと胸を撫で下ろす。創刊号の他の執筆者は、田中冬二、竹中郁、菱山修三、笹沢美明、木原孝一、臼井喜之介、北園克衛、小林善雄、堀口大学。

「ゆうとぴあ通信」（全三冊を確認、四六・一〇―四七・二）も設けられ、こちらは新人の投稿作品とその講評に充てられた。余談ながら「通信」を出した戦後の詩誌としては「ゆうとぴあ」「ＦＯＵ」が思い浮かぶが、戦前からのこの慣習は以後しだいに忘れられていく。

「ゆうとぴあ」は四七年四月（第三巻第三号）で刊行を終わり、八月発行から「詩学」と改題された。「詩学」創刊号は城、木原孝一、嵯峨信之が共同編集に当たった。その後記に城は書いている。「詩壇の公器的存在たらしめようとする点は、今迄通りだが、今後は、単なる詩壇的雑誌であるに止まらず、広く、文学的綜合詩たらんとする野心抱負が異なる点だ。この場合の文学とは、詩学的といふ――つまり詩精神を以て貫かれた総合誌といふ意味である」

「詩学」の発行所は五一年一月より詩学社となった。以降のことはここに述べるまでもないだろう。「詩学」につづく総合詩誌「ユリイカ」（書誌ユリイカ、伊達得夫）の創刊は五六年十月、「現代詩手帖」（思潮社（当初、世代社）、小田久郎）のそれは五九年六月である。

資料15

「ゆうとぴあ」創刊号の「詩壇時評」（匿名）から抜粋。

「今や実力のない大家になりかゝつて、王様の着物をきた乞食のやうに、少しくあはてぎみの中堅詩人らのうちには、あの（「詩と詩論」の）時代に世に出た者が相当にゐる筈だ。あの詩人たちは何故にあの歴史につながつて更に新しい詩の歴史を展開する努力をしないのだらう。戦争中、排外的な愛国詩、事大主義的な盲目的な無批判な商業詩を書きすぎたために、今更、捨てた故郷に帰れないのだとすれば、彼等は案外正直者だ」「郷愁にとりつかれた詩人とかすかな追憶に日をすごしてゐる詩人とたちどころに注文の詩をでつち上げることの出来る職業詩人と泥くさいリアリズムを追求する文学的な田舎詩人と、これだけが幕毎にいれ替りたち替り出没してゐるだけの詩壇と云ふものは、（文壇と云ふ舞台も同じことだが）死ぬほどタイクツだ」「詩人は政治と社会と経済と宗教の一歩先を歩いてゐる筈だが、日本の詩人は一歩後に従つてゐるので嘲笑もされない」

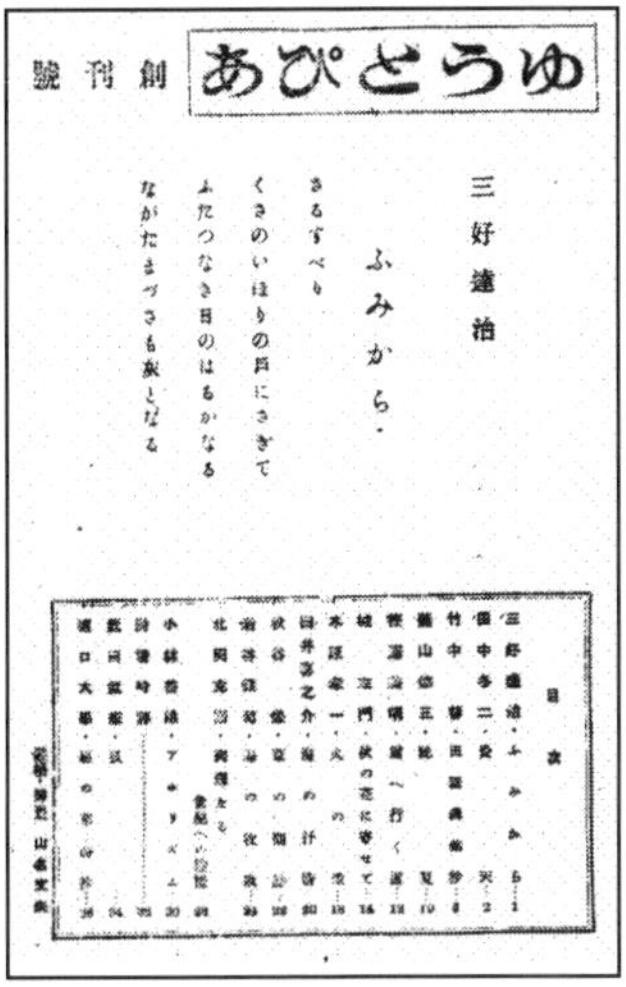

「ゆうとぴあ」創刊号（1946年9月）

12　地べたにでも書く・書かせる
——戦時と戦後をつなぐ小詩誌「麦通信」八冊

　冊子「麦通信」のことは、当初、詩誌「鵬」の主要同人の数名がその創刊に先立ちこの「通信」に作品を発表していたことを知り、これら同人の詩歴とも関連して注目した。「鵬」は終戦の二か月半後、一九四五年十一月に北九州で創刊され、戦後最も早期に発刊されたと目される同人詩誌である（1章）。そういう心づもりで戦後詩のさまざまな資料に目を通していると、「麦通信」について言及する文章にいくつか出遇えた。ただし、いずれもまとまった文章ではなく、断片的である。しかし北園克衛編集発行のこの冊子が戦時から終戦後を辛うじてつなぐ現代詩の出版物であることに気づき、なんとかしてその全容を知りたいと考えるようになった。各冊のほぼ全体が詩の新作で占められていることから、「麦通信」は詩誌と呼んで差し支えないとも思った。

　そんな話を平林敏彦にしたところ、「麦通信」の複写物を二部、書斎から探し出してきてくれた。「これは泉沢さんに送ってもらったもの」ということだった。たぶん自著[2]の執筆に先立ち準備したものだろう。泉沢浩志（一九二四—）自身は「麦通信」に寄稿しなかったが、北園と交流があり、貴重な一部を毎号もらっていたという。私は泉沢に手紙を出し、意向を述べて「麦通信」のほかの号はないかと訊ねてみた。病身を押して泉沢は新たに三冊を見つけ出してくれた。まとめて五冊になったわけだが、いずれも古い複写物である。もとの冊子がどこにいったか、どうも思い出せないともいう。この時期には刊行冊数が全八冊なのか九冊なのか不詳であったが、いずれにしてもそのうち五冊の内容を実見できれば、かなりのことが理解できるはずだと大いに前向きになった。

　そして数か月ほども経ったある日、身辺に保存していたもとの「麦通信」が一括してみつかったという、卒寿に近い泉沢の晴れやかな声が電話を通して伝わってきた。こうして全九冊が刊行されたこともはっきりした。実際に手許に残っていたのはじつは全九冊のうちの七冊だった。欠落している二冊はかなり早い時期から手許になかったそうである。終戦の日のあとに二冊出たはずだと言っていた泉沢の記憶は確かだった。泉沢の便りには「戦中、北園と俳句通信を始めたことがあります。氏も人恋しいときがあったのでしょう」とあった。北園は俳句誌「風流陣」（文芸汎論社、一九三五・五—四四・五）の同人でもあった。こうしたよしみもあったのだろう。

一九三五年創刊の北園克衛編集の詩誌「VOU」は四〇年十二月発行の第三一号から時局に沿って「新技術」と改名し、第三七号までこの誌名で発行されたが、用紙不足のため四二年九月にはこれも終刊となった。そこで、これに替えて北園は小詩誌「麦通信」をクラブ員に配布した。戦後の四六年十二月に「VOU」は復刊され、「新技術」の通巻を除外して第三一号から再出発した。戦時の「新技術」と戦後の「VOU」をようやくつないでいたのが「麦通信」であった。

平林は「麦通信」について、推量を交えて次のように記している。

「（戦争末期には）若い詩人たちによる有力な詩誌はまったく姿を消し、東京では北園克衛を中心とするグループが詩誌のかわりに「麦通信」という四頁だてのリーフレットを発行していたが、四五年九月に発行された「麦通信」最終号は「敗戦をはさんで書かれた原稿」を編集したものと推定される。当時の印刷事情をふり返ると編集に着手したのはたぶん敗戦前で、冒頭にある北園のごく短いエッセー「戦ひは終つた」や、詩「哀歌」、笹沢美明の感想文「現在の自分のこと」などは、その中身からいっても敗戦直後の校了まぎわにすべり込ませたものだろう(2)」

他の文献からも「麦通信」にかかわる文章のいくつかを抜き書きしておこう。

「（戦争末期に）詩人たちに残されていた作品の発表方法は手紙のかたちで作品を見せあうことだけだった。東京には、北園克衛らの『麦通信』があった。九州には、岡田芳彦らの『通信』があった。そのほか、幾つかの仲間たちが、ひそかに作品を交換して読みあっていた」（木原孝一「戦後詩物語」、「ユリイカ」七〇年十二

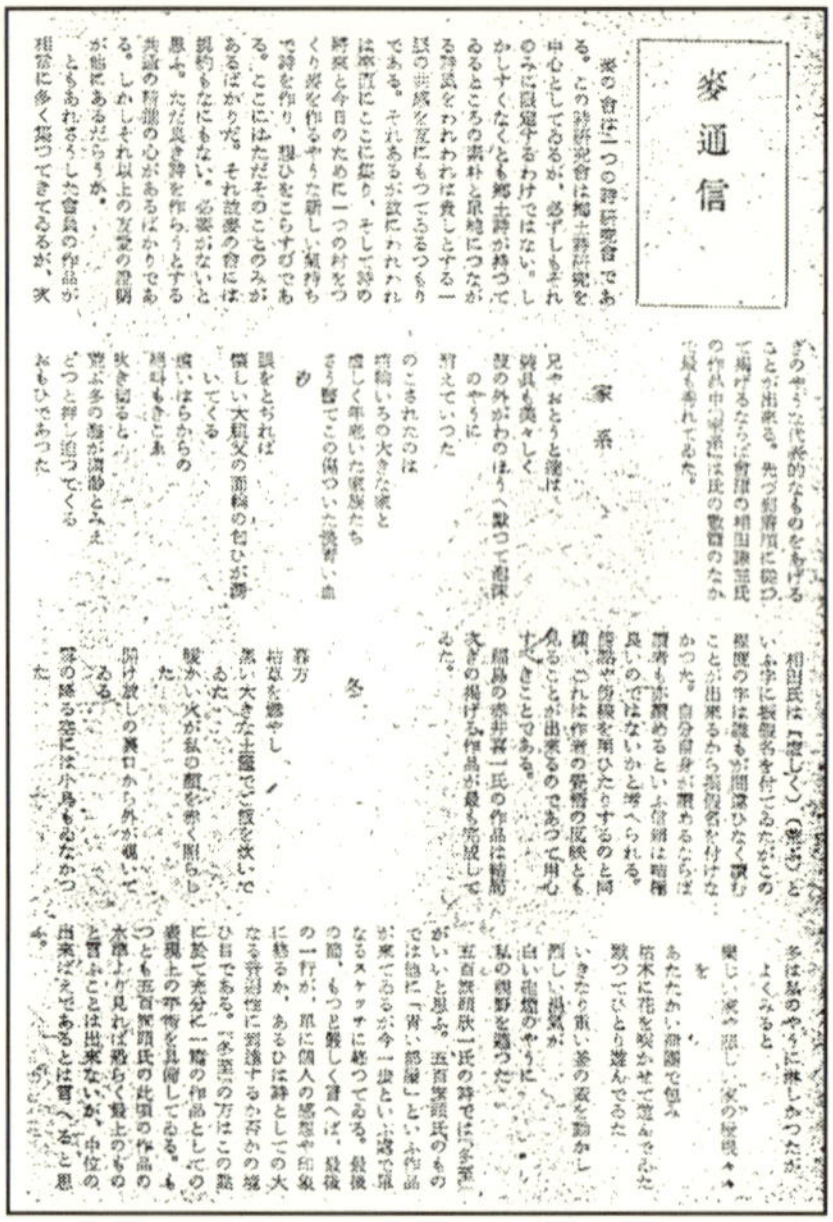
麦通信

麦の會は一つの詩研究會である。この詩研究會は郷土詩研究を中心としてゐるが、必ずしもそれのみに限定するわけではない。しかしすくなくとも郷土詩が持つてゐるところの素朴と泉純につながる詩風をわれわれは良しとする一派の共感を友にもつてゐるつもりである。それあるが故にわれわれは率直にここに集り、そして詩の時代と今日のために一つの村をつくり家を作るやうな新しい氣持ちで詩を作り、想ひをこらすのでもある。ここにはただそのことのみがあるばかりだ。それ故麦の會には規約もなにもない。必要がないと思ふ。ただ良き詩を作らうとする共通の精神の心があるばかりである。しかしそれ以上の友愛の證明が他にあるだらうか。

ともあれさうした會員の作品が相當に多く集つてきてゐるが、次のやうな代表的なものをあげることが出来る。先づ創作欄に從つて掲げるならば前陣の相田謙三氏の作品中「家系」は氏の豊富のなかに最も秀れてゐた。

「麦通信」第1号（1頁）
（1944年6月）

月号）。

「北園克衛編集の「麦通信」が（昭和二十年）九月に出たが、これは十九年ごろから北園さんが独力で刊行していた四頁の詩誌であった。詩の雑誌は情報局の命令で全部廃刊となり、「日本詩」「詩研究」（宝文館発行）の二誌に統合されたが、それすらも印刷所が焼けて発行できない有様だった。詩人たちは回覧誌や通信で細々と詩を発表していたが、これらはいわば地下活動であり、当時の発表誌のおおかたは焼失し散逸している」（秋谷豊「回想と出発」、「地球」第七〇号、創刊三十周年記念号、八〇年十一月）。

「彼（北園克衛）は昭和一九年六月に「麦通信」というパンフレットのような詩誌を仲間だけに発行する」、「俗に戦後詩はいつ始まったか、という問いがある。すべては敗戦でとまって、そこから新出発であったが、この「麦通信」だけが唯一、敗戦の前から始まって、戦後に橋をかけていた雑誌の一つになるわけである」、「（北園は疎開先の新潟県三条市で敗戦の報を聞き、翌日の）八月一六日に、もう上京。／そのなかですぐ「麦通信」を九月に一人で発行する」（藤富保男『近代詩人

列伝　北園克衛』、有精堂、八三年）。

「局地的にはこれ（「鵬」）より早く出たものはいくつもある（北園克衛の「麦通信」もなんと一九四五年八月に復刊していた）が、流通と影響力の点で「鵬」は別格である」（金沢一志『北園克衛の詩』、思潮社、二〇一〇年）。

「全号そろった「麦通信」は現存していない。克衛の日記の言及だけが、現在でも知り得る唯一の出版データである。私が目にすることのできた「麦通信」の二つの号には日付も号の番号もなかったが、それぞれ「25―28」と「29―32」と頁番号が振られていた。書かれている内容から判断して、戦争はこの二つの号（七号と八号）の間に終わったと思われる」。右の日記情報のうち「麦通信」発行にかかわる個所を以下に抜粋する。「一九四四年6／16一―四頁を発送、10／14五―八頁出来、11／21九―一二頁発送、12／30一三―一六頁校了、四五年1／11（同上）出来る、2／14第二年第一号（注・一七―二〇頁に相当）原稿渡す、6／26二号（注・二一―二四頁に相当）出来る、11／29三三―三六頁出版」（ジョン・ソルト[15]）。

「麦通信」は全容を摑みにくい。それは、現在では全号が揃わないことに加えて、号数・日付の記載がないせいである。「麦通信」は号数に替えて通しページ数のみが記されている。発行者名さえ記載がないが、一七―二〇ページ号以後の表題下には「麦の会」の住所が略記されているので、北園が発行者と判別できる（この住所は一九四二年一月発行「日本詩壇」収録の全国詩人住所録の記載に一致する）。Ｂ４判に近い粗末な半紙を二つ折り四ページ四段組にしたものが一冊分で、発行時期は不規則であったようだ。右に挙げた文献では「麦通信」創刊の時期については必ずしも一致せず、またおおむね出典等も詳らかではないが、このうちソルトの著作に引用された日記情報は一九四四年六月創刊を確定的に示している。

前記のとおり「麦通信」は通しページ数などからみて計九冊が発行された。これら九冊を便宜上仮の号数（算用数字）を付して整理し、以下に作品と作者名を掲載順に記す（ほぼ前半が新人作品）。「まえがき」と「消息」欄のうち発行・発送時期の推察に役立つ記述など、参考になり興味のある個所を各号の末尾に抜き書きする（括弧内の発行時期の多くは推定、無記入は不明。＊印の二冊は欠落）。

1号（一―四ページ、一九四四年六月十六日発送）＊

2号（五―八ページ、四四年十月中旬）

小森輝夫「指」「猫柳」「小休止」、多田郁平「丘麓の径」「一軒家」、杉山良夫「雨だれ」、赤井喜一「彼岸」、国友千枝「異境」、吉木幸子「舞」、相田謙三「春愁」、鳥居良禪「初夏」、岩佐東一郎「定齋屋」、高祖保「爪」、城左門「短詩（1）」。

「麦通信は五ヶ月振に漸く出すことが出来た」

「木原君は最近南方第一戦に転出した。切に御健闘を祈る」（注・出国は一九四四年六月二十八日）。「岩佐東一郎氏が歳時詩ともいふべき清新の詩形をたづさへて参加した。因に氏の新詩集「紙鳶」が出来たらしい。定価五円の由（注・四四年八月刊、私家版）。（詩集といへば城左門氏の新詩集「月光菩薩」が出来た（注・同年六月刊、私家版）。定価三円送料共）。それに続いて「郷土詩論」が出来るだらう（注・北園克衛著、同年九月刊、昭森社）」。「五月の通信には仮名使ひの誤りと誤植があつたことを長田氏から注意して来てゐる」（注・五月は六月の勘違いとみられる）。

3号（九―一二ページ、四四年十一月下旬）

木原孝一「天明」、五百旗頭欽一「開墾地」、鳥居「風」「道」、相田「秋月夜」「城跡にて」、国友「風」、佐藤信夫「生命」、吉木「秋天」、小森「郷帰譜」、村野四郎「秋」、赤井「秋」「帰路」、小川淳太郎「去りし日々」「月見草」、岩佐「柿」、笹沢美明「郷土芸術のこと」（小論）、永田洋平「放課後」。

「「天明」に於ては南海の透明な空気がその作品を限りなく清浄ならしめてゐる」

「郷土芸術や郷土詩の勃興は大東亜戦争以来一層強く要求されて来たやうだ。これは民族戦争による民族の団結が伴ふ地方文化や農民精神が前面に押し出された結果だらうと思ふ。今日ではすべて食糧問題や戦場の農民魂の発揮などに関連して、農民文化や地方文化を片隅に置き忘れてゐることなどは断じて許されなくなつた。日本のかうした新時代の郷土詩や郷土芸術の主張や作品は今後、続々と生れて来ると思ふが、最近見た独逸郷土芸術の作家連中の言葉を参考までに拾つて見よう。（後略）」（笹沢美明「郷土芸術のこと」）。
4号（一三—一六ページ、一九四五年一月中旬）＊
5号（一七—二〇ページ、四五年二、三月）
吉木「山門」、小森「時雨」、相田「凍寒」、永田「径」、佐藤「氷柱」、赤井「冬」、鳥居「春」、国友「春」、城「牧歌」、岩佐「銭湯記」（随想）、北園克衛「小寒」「麗日」、岩佐「寒夜読書」、城「半夜記」（随想）、笹沢「埋蔵の貴金属」（随想）。
「麦の会第二年の通信を御送りします。会員は第一年に比して多少変りましたが、これは会員のなかから出征された諸氏が出たためであります」
6号（二一—二四ページ、四五年六月下旬）
吉木「墓参」、五百旗頭「会津の町」、小田雅彦「生れた土地」、相田「会津の冬」、小森「雪」「梢」、佐藤「残香」、岡田芳彦「星」、永田「真龍の砂浜で」、弘澤隆（注・弘津隆か？）「秋時雨」、多田「桑畑」、鳥居「凧」、赤井「村」、笹沢「粥」、北園「彼岸」、木原「海鳴り」、小川淳太郎「濤音」、八束五郎「光」、笹沢「貧困と精神」（小論）。
「吉木幸子氏は久しぶりに率直な作品を見せて呉れた。全体的によくまとまりを持ち、部分的にも繊細な感覚が流れてゐる」「小田雅彦氏は今度新しく麦の会会員になられた。「生れた土地」は一つのスケッチであるがよくまとまりを持つた無難な作品である。しかし（略）もつと内部のものをあはせて示すべきである」「岡田芳彦氏は既に相当の修練を経た詩人である。（略）新しい態度を以つて研究すべく麦の会会員になつたらしい」（注・6号に発表している八束五郎とともに、この三名は後に「鵬」創刊の有力メンバーとなる）。
「昨年来南方前線で奮闘しつつあつた木原孝一氏は本年初め病気のため帰還、軍病院にて療養中であつたが退院した」
7号（二五—二八ページ）
岡田「畝傍山」、佐藤「帰来譜」、弘津隆「春」、小森「土」、武田武彦「花火と雪と」、木原「海鳴り」（注・前号と重複）、赤井「春野」、北園「家」、岩佐「来楽居随筆」、城「短歌」（注・この題の現代詩）。
「六月までに罹災された会員は長田恒雄氏、村野四郎氏、武田武彦氏である。心から御同情申し上げます。それから城左門氏が最近結婚されました」

「（三月）下旬突然の建物強制疎開を命ぜられた。廿二日に下命、廿七日に立退と云ふ短時日の仕事には面食つたが、人間いざと決心すれば曲りなりにでも何でもやれるものである。（略）今は防空カバン一つが小生の全財産であると云つてよい。小さな下げカバンだが、内容は充実してゐる。原稿紙一帖、万年筆と鉛筆が各一本、配給の巻煙草が全部、タオルに三角巾と歯磨粉と楊枝と石鹸と安全剃刀とメンソレータムが防水の手ぬぐひ袋に入り、新辞典と岩波文庫二冊、風呂敷と油紙と携帯食糧と銀行郵便局預金通帳と印鑑、アルミ弁当箱、線香一束その他が、小ぢんまりとして仲よく収つてゐる（後略）」（岩佐東一郎「来楽居随筆」）。

8号（二九―三二ページ、四五年八、九月）

笹沢「地方文化運動について」（小論）、城「海辺夏」、赤井「春」、小森「芽心」、小田「洲」、岡田「暑気」、五百旗頭「訪れ」、岩佐「言葉記」（小論）、相田「春」、岩佐「旅愁」、城「次ぎ」（随想）、木原「白夜」、佐藤「想ひ尽くる日」、武田「月夜の花火」、長田恒雄「夏菊」。

「戦ひは既に終つた。国民への偽瞞の暴露に於て、そしてこの時、我々は僅にこの一葉の通信につながり、生きる事の愉しさを思ふ」（注・終戦日以後の校正時に加筆されたとみられる、8号の最後の数行）。

9号（三三―三六ページ、四五年十一月二十九日発行）

北園「戦ひは終つた」（巻頭言）、村野「小品」、小川「暁」、永田「ひぐれ」、小森「佳日」、高橋正治「焼畑農耕のそば」、木原「雅歌」、武田「青葉寺院」、吉木「蓮」、笹沢「現在の自分のこと」（随想）、ブレイク・城訳「疫める薔薇」、国友「朝」、赤井「四季」、北園「哀歌」、城「秋記」（随想）、岡田「晩夏」、岩佐「新居」。

手にできた七冊の「麦通信」の執筆者は三十名に近い。このうち木原、長田、鳥居、国友、吉木らは北園の「VOU」クラブ系であり、また笹沢、高祖、さらには赤井、相田、岡田、武田らは岩佐、城の「文芸汎論」に発表していた結びつきから麦の会に加わったとみられる。高祖は終戦の年一月に三十五歳でビルマで戦病死した。

先に引用した文献にしたがうと、終戦日以後に出た

8号の発行は一九四五年八月か九月かのいずれかだが、今となっては確定できる根拠に欠ける。当時の郵便事情のわるさや手渡しによる配布などを考慮すると、八月下旬から九月に跨り日数を費やして各人の手許に届けられたことも考えられる。それゆえ発行時期を「八、九月」と記した。7号はその前後の号の中間をとれば同年七、八月と推量できるが、手懸かりはない。発行・発送時期を知るうえで、ソルトの著書にある北園の日記情報は限定的ながら役立つ。

　右に引いた8号の最後の数行は、比較的長文の作品講評の後に調子を変えて書き加えられている。終戦日のあと校正刷に急ぎ付加された文と推察できる。というのは8号の他の文章は「戦ひが激しくなればなるほど、使用する言葉にも充分注意しないと、内部的に精神的に戦意低下することもあるのだ」（岩佐）とか、「無益な感傷に浸るよりも、第二の大東京を空想する方が余程、気が利いてゐる。勝利の日に築かれる東洋一のアクロポリスを、花と飾らう」（城）というように、すべて戦時の立場で記されているからだ。これに対して同年十一月発行の9号の作品はいずれも終戦後に書かれたか改作された文章である。なかには終戦に先立ちそれを予測して準備され、発表時期を待機していた作品も含まれることだろう。以下に、最終9号の北園「戦ひは終つた」と笹沢「現在の自分のこと」の文章を部分引用する。

　「長い苦しい戦ひの時は去つた。我々は飢えと無智なるこの国の責任者達への痛憤のなかで焼失と破壊よりのこされたものを寄せ集めて、また新しい文化を創らなければならない。この理性的な意欲が、やがて悪夢の如き過去の惨虐と虚偽にみちた長い苦しい時を忘れさせ、高貴なる微笑にみちた日々を取り戻すことであらう。僕はその日を祈り且つ嘆願する。麦の会は嘗て定められたる民族への文学的寄与の線に沿つて、弾力ある活動を続ける決心である。我々は過去の根底なき文化主義の過誤を繰

北園克衛

返してはならない。我々の今日の一日は未来への保証となるところの貴重なる一日である」（北園）

「既に戦雲は深く沈み、漸く平静な心に返ると、過去のことが悪夢のやうでもあり、明方不図目が覚めた時の、あの後味の悪い夢の追想に似た気持で、独り言を言つて叫んだり、胸を抱へて転々としたりする。「全くイヤになる！」現在の気持はこの一語で尽きるやうな気がする。何処を見ても焼跡の残骸よりも淋しく腹立たしいこの国の積悪の骸が横たはつてゐて、その上に今日の醜態を暴露せしめた当事者の非科学的な、不徹底な政策や国民の無気力やだらしのない精神の湯毛のやうな濠気が立ち昇つてゐる。反省や懺悔は強いられなくても自づと湧き起つて来る烈しい恥づかしさや深く沈んだ重い気持をどう扱つてよいか始末にさへ困つてゐる。／然し私自身は詩の上の主張についてては殆ど後悔してゐない。戦争中の私の所論を一貫して見てくれた人達は解つて呉れると思ふが、敢然として信念を表明して来たからである」（笹沢）

終戦を境にして「麦通信」の詩人たちの詩や随想・小論の内容、語調がともに唐突に変わった状況に、ことさら印象づけられる読者もいるに違いない。それもまたやむを得ないと言ってしまえばそれまでだが、今となっては当時の社会状況を、そこにおかれた自らのこととして受け容れることはもはや困難である。多くの戦火の被災者にとって、敗戦を体感したのは無条件降伏の日ではなく空襲に遭遇した日ではなかったか。東京、大阪など全国の大都市が壊滅した時期は三月から五月に集中している。終戦日ではなく、それに先立つ被災した日に戦争は終わっていた。空襲によって戦意をすっかり放棄したのだった。八月十五日のポツダム宣言無条件受諾は、その後にきた手続きにすぎなかった。そういう目で「麦通信」の8、9号を読んでおきたい。

戦時の軍事政権によって厳しくまた理不尽に抑圧されていた言論出版の自由が、ポツダム宣言受諾に伴い一気に解放されたかといえば、そうした単純な流れではなかった。前代未聞の敗戦国の行方を見透せた日本人は誰一人いなかったはずだ。軍事政権に取って代わったGHQ（連合国軍総司令部）が、この先いったい敗戦国民になにを要求し、どんな占領政策を施行するかが誰にも分からず、人々は不安な日々を送っていた。じじつ言論出版の自由という面からいえば、間をおかずＧＨＱは冷戦を背景にした規制を敗戦国民に課してくる。「麦通信」９号の執筆者たちもまたそういう状況下におかれていた。

「昭和二十一年度会員希望者は十一月中に会員月額五円（六ヶ月分と共に）乞申込」と会告にあるように、「麦通信」はまだ継続するつもりであったようだ。しかし実際には戦後二冊を出して９号をもって終刊となった。この時期になると「鵬」の創刊をはじめとして、「近代詩苑」「新詩人」「詩風土」「現代詩」「国鉄詩人」、さらには「新詩派」「純粋詩」等々の新詩誌の新春に向けた発刊の企画が活発になり、終戦によって目覚めた若い世代に復員者、引揚者を加えて現代詩の書き手も急速に増加したことだろう。北園の思いも、戦争末期から終戦直後の務めを全うし終えた「麦通信」の継続ではなく、「ＶＯＵ」の復刊へと向かったのは自然の流れであった。

ここで視野を広めて「麦通信」発行当時のわが国の詩界を手短に概観しておこう。これによって非常時に一定の役割を果たした「麦通信」という小詩誌の姿が一層明らかになるだろう。

大戦の末期、戦局が深刻化してくると、政府直属の機関、情報局下の日本出版会の指示にしたがって現代詩の雑誌は「詩研究」と「日本詩」の二誌に統合された。両詩誌はいわば姉妹の関係にあり、前者は総合誌、後者は新人育成誌という役割を担った。両誌の編集者は北村秀雄、発行所は宝文館で、ともに一九四四年六月に創刊された。「詩研究」は四五年一月までに月刊で八冊、間をおいて戦後に二冊復刊された。「日本詩」のほうは四五年一月までに月刊誌として八冊を発行、終戦後の十一月に終刊号一冊が追加された。情報局が指名したとされる両誌の企画委員九名のうちから北園克衛は免れているが、自身は「詩研究」創刊号の特輯詩篇に作品を連ね、後の号にも随想を載せている。麦の会の会員ではほかに笹沢美明、長田恒雄、城左門の名が見える。

前掲の木原孝一の「戦後詩物語」には「『詩研究』創刊号は、一九四四年六月二七日、私が硫黄島へ出発する前日に、私の手もとに送られてきたが、その後、何冊刊行されたのか、私にはわからない。だが、東京大空襲（注・四五年三月十日）がはじまってからの数カ月、『詩研究』も『日本詩』も刊行されなかったことは事実である。印刷所も、出版元の宝文館も、空襲で消失」「戦争が終ったとき、日本では一冊の詩誌も刊行されていなかった」とある。「戦後詩物語」などには戦時に木原が南方前線に派遣され、帰還した経緯が比較的明確な時期とともに記されているので、「麦通信」の発行時期を確認するうえで有効であった。前線体験から生み出された「麦通信」掲載の「天明」「海鳴り」の二篇は木原詩のなかでも異色であり、見過ごせない。

天明　　木原孝一

天明の
海は眇眇として
ひろがり
敵□＊団北上し来る

火を噴く
橄欖石の孤島は
とほく北方に向いて
啾々と蟬鳴く

此所に
日本の海流はつづき
天の河が
耀きわたる

われら
神の翼をまもり
祖先等の剣を承けて
今岩頭に立つ

朔風はるかに
海をこえて
椰子の葉と
汚れた戎衣を吹きかへす

（「麦通信」3号　＊判読できないが「船」とみられる）

戦時の軍政下で細々と刊行されてきた詩誌は、前述のとおり四四年半ばに情報局のもと統合、監視されるに至ったが、それも一年足らずのうちに大都市の被災によってすべてが虚しくなった。あとは終戦の秋に至るまでの時期を堪え忍ぶことになる。この間、創作意欲をわずかでも補うには個人間の便りや少数の仲間内の「通信」のかたちをとるよりほかはなかったが、それらがいかなるものであったのか、ここに示すことのできた「麦通信」を極稀少な例外として、私には知る手立てはない。

北園は自らの創作の成果を世に問う意欲に旺盛な人であったようだ。「VOU」「新技術」の休終刊によって同人詩誌という拠り処をなくしてのち、戦時にもさまざまな詩集や詞華集に寄稿したり、自らの詩集、詩書の出版に前向きであった印象を受ける。年譜等によると、『戦争詩集』（東京詩人クラブ編、一九四一年八月）への寄稿と装丁、『国を挙りて　大東亜戦争詩集』（佐藤惣之助・勝承夫共編、四二）、『辻詩集』（日本文学報告会、四三）、『詩集　大東亜』（同上、軍事保護院献納詩、四四）への寄稿、評論集『ハイブラウの噴水』（昭森社、四一）、詩集『固い卵』（文芸汎論社、四一）、同『風土』（昭森社、四三）、『郷土詩論』（同上、四四）の刊行などがある。

一九四〇年秋になると国は思想犯罪の定義を拡大させ、西洋の影響下にあるとみられた前衛詩、抽象詩も特高検閲の対象となった。尋問を受けて立場の危うさを感じた北園は、それをかわすべく「VOU」三〇号（同年十月発行）の冒頭で、従来の前衛的芸術運動を終了し直ちに民族精神の振興に寄与する芸術の樹立と実践を行うと宣言した。この民族芸術理論がかたちをとって表れたものが郷土芸術、郷土詩であり、詩集『風土』と評論集『郷土詩論』によって宣言の実践を裏づけた。郷土詩は伝統的な愛国心から溢れ出る民族感情の産物と考えられ、郷土詩すなわち愛国詩と捉えられるが、実際に愛国詩と目されるのは七篇程度といわれる。「麦通信」はこれに遅れて四二年あたりから発刊の構想があったようだ。

麦の会は明らかに郷土詩の流れのなかにあり、北園以外の会員の作品も全体としてその流れに沿っている。「麦通信」には郷土芸術、郷土詩についての北園自身の文章は見当たらないが、『郷土詩論』を側面から援護する笹沢美明の小評論（3、5号）がある。この通信に発表された北園の作品、「小寒」「麗日」「家」「哀歌」はいずれも郷土詩そのものである。「哀歌」でいえば、「忘られた白い楽器、濡れた舗道、名もなき橋、ながれ去る日日」といったふうの、前衛詩から遠く離れた陳腐な語句をわざわざ並べ立て、ほとんど「偽装」とさえみえる。ただし、北園のデッサン力、構成力は隠しようもなく、荒れ果てた焦土の一角に佇み、絶望しながらもなおすがりつくべき一縷の望みを巧みに醸し出している。

北園の戦時詩の研究と評価は現在もなお継続、更新されつつある（「21世紀の北園克衛」（「現代詩手帖」二〇一一年六月号）他）。このうちソルトの研究[15]は、わが国特有の縦横の人的しがらみから充分過ぎる距離をおく立場にあるゆえの小気味よさがあり、また過去のさまざまな批評を臆することなく考察の対象にとり入れる視界の明るさも強みである。ソルトは、一九四〇—四五年の北園の活動を全体として次の四つの仮説のもとに考え得るとしている。仮説とは、一、本質的にアヴァンギャルドであり愛国心は偽装、二、本質的に愛国者であり前衛的活動は表層的な好事家趣味、三、前衛から愛国者へ、そして再び前衛へと本質的に変貌、四、前衛主義も愛国主義も仮面であり「本当の彼」はいなかった、という四つ。そして各仮説について論拠をあげながら自説を展開する。読者は、さて別の仮説もあり得るのではないかという想いをきっかけにして、それぞれの思考に惹き込まれることだろう。後年の北園が郷土芸術、郷土詩、さらには「麦通信」をいかに振り返っていたのか、またこの特殊な時期の芸術運動に現代に通じる取柄はなかったのかという話題が残るが、もはや本章の範囲をはみ出してしまう。北園の郷土詩については別の小論を参考にされたい[16]。

視点を戻して、手許の七冊の「麦通信」の掲載作品全体をあらためて見返してみると、いずれも二十行に満たない短い詩ばかりである。随想や評論も短い。投稿作の行数に制限が設けられていたとみられる。保存に耐えそうにない粗末な用紙でさえ、入手が困難だった。しかし終戦の日が近づくにつれて、新人に常連が目立ち、同一作者の複数の作が載せられるようになる。さすがに戦争末期には、硫黄島が玉砕し庶民にも敗戦が現実のものとなる時局を迎え、「兵隊にとられ」たり「焼け出され」たりして投稿数が激減したと想像できる。戦意高揚の時世と被占領下の時代の狭間にあって、今日の目から見れば「麦通信」掲載作品の詩風がいずれも低調であったのはやむを得ないが、なおそのような時期にも、現代詩の残り火を絶やさなかった北園とそれを支えた詩人たちの矜持を多としたい。

前述のように「麦通信」8号は一九四五年八月十五日以前に編集されたが、発行は際どくその直後になった。校正時に無理やり押し込んだ数行の戦後の文を交えて、終戦の日を跨いで発行された刊行物としても「麦通信」は、現代詩史の資料として特異な位置を占めている。未曾有の時代の荒波にからくも抗い通した小詩誌であった。その無惨ともいえる姿を敢えて曝して、四四年六月から四五年十一月までのほぼ一年半に、発行日、号数、発行者の記載のない「麦通信」を配布しつづけた詩人北園克衛の気概をおもうべきである。

哀歌　　北園克衛

夏の日は
雨のあしたの
忘られた白い楽器のやうに
寂寞の茨に縁飾られてゐた
唄よ
濡れた舗道よ
名もなき橋とともに
失はれた街よ
流れ去る
ながれ去る日日は
あまりにも激しく
わが頬を焼き
失望の瞼を焼いた
たちあがれミユズよ

（「麦通信」9号）

追補――「麦通信」創刊号　「麦通信」についての拙文(17)が出てから間をおかず、藤富保男氏から一通の封書を受けとった。おどろいたことにこれには「麦通信」創刊号と北園夫人、栄の覚書（ともに複写）が同封され、「偶然にも「麦通信」の一号らしいコピーが出てきたのでお送りする」とあった。藤富によると「麦通信」の複写物は栄夫人から受けとったもので、その折の封書の消印がいささか読みとれないが、北園没後二、三年のこと、つまり一九八〇年頃のことであったようだ。藤富が著書（前掲）を執筆するべく資料として準備したものと考えられる。栄の覚書には「北園の日記昭和19年をしらべましたら、六月十六日のところに「麦通信一号発送完了」とありましたから、同封のものが創刊号だと思います」（部分）とある。藤富による著作年表には四四年六月の条に「六月「麦通信」編集発行」とあるので、その根拠となったとみられる。ともかくこうして「麦通信」は全九冊のうち第4号を除く八冊の内容がほぼ七十年ぶりに明らかになったわけである。

栄夫人から送られてきた「麦通信」には創刊号を示す文字はないが、前書きなどの内容によってそれは充分に推定できる。通しのページ番号によって第1号であることを確認できそうだが、じつはそのページ番号さえ記入されていない。複写の際に抜け落ちたこともあり得るので、藤富に問い合わせたところ、それは原版にもなかったという。印刷経費を少しでも節約したかったのかもしれないし、詩誌としての体裁を当局に指摘されないために号数とページ番号をともに消して、ただの通信の紙片に見せたのかもしれない。しかし、すでに述べたように、裏表に印刷した一枚の紙を二つ折りにすれば、読む順序はおのずから分かるわけである。創刊号は「麦通信」という囲みの表題があるのみで、ただちに本文に入っている。そして、すでに見てきた他の号と異なり、本文の最後に「北園方」として略記ではない住所が記載されている。これまでの七冊の号の体裁に倣って、創刊号の要点を次に記す。

1号（一―四ページ、一九四四年六月十六日発送）

末尾にある会員録（昭和十九年五月現在、記載順）―

「消息」――「那辺君が最近入営した。麦通信は事情のゆるすかぎり臨時配布するつもりである（後略）」

―城左門、長田恒雄、高祖保、多田郁平、木原孝一、五百旗頭欽一、相田謙三、赤井喜一、小川淳太郎、那辺繁、国友千枝、杉西良夫、小森輝夫、鳥居良禪、吉木幸子、村野四郎、笹沢美明、北園克衛。

作品――相田「家系」、赤井「冬」、五百旗頭「冬至」、木原「富士」、那辺「さがしてゐる」、小森「雪の朝」、杉西「林檎園に想ひを寄す」、城「愛」、五百旗頭「伊賀焼」（随想）、高祖「春」「天徠」、城「発見」（随想）、国友「朝」、長田「出土品」（随想）。

「前書き」――「麦の会は一つの詩研究会である。この詩研究会は郷土詩研究を中心としてゐるが、必ずしもそれのみに限定するわけではない。しかしすくなくとも郷土詩が持つてゐるところの素朴と単純につながる詩風をわれわれは貴しとする一脈の共感を互にもつてゐるつもりである。それあるが故にわれわれは卒直にここに集り、そして詩の将来と今日のために一つの村をつくり麦を作るやうな新しい気持ちで詩を作り、想ひをこらすのである。ここにはただそのことのみがあるばかりだ。それ故麦の会には規約もなにもない。必要がないと思ふ（後略）」

あとがき

曖昧なことばの一つに「戦後詩」がある。しかしこの成語には一点確かな意味が含まれる。戦後つまり太平洋戦争の終結した一九四五年八月十五日以後に作成発表された現代詩をそう呼ぶことに紛らわしさはない。ならば戦後の詩が凡て戦後詩かというとそうではない。このあたりから戦後詩の不得要領がはじまる。

「戦後詩」と区切りをつけて呼ぶからには、その特色がなければならない。それは何なのだろう。まず明らかなことは、このことばの由来でもある戦後という時代背景である。すでに「まえがき」にも述べた事柄だが、戦災と敗戦・被占領という未曾有の社会状況下に国民はおかれた。召集兵であった人、戦地にいて抑留された人、内地で罹災した人、戦時体験は人さまざまだが、生きのびた人々はそれらを背負って敗戦国の側に押し出された。だれもが物資の欠乏と疾患に苦しめられた。とくに抗生物質の使用がかなわなかった胸部結核での早世が目立つ。戦後初の調査では四七年の日本人の男女平均寿命はほぼ五十二歳だった。この数字をみるだけでも時代情勢が推し量れる。

こうした状況下での詩作がことば遊びに始終できるわけはない。これは詩人がどの時期から詩作を志したかにかかわらない。どの詩人もなんらかの思いや考えを胸中に抱きながら創作し、同人誌を出した。思いや考えが胸中に溢れ、そこから詩が生まれてきた。誰もが意識して自らの思想を構築し、それを拠り処にして詩を作った。戦後の初期には多数の詩人たちが詩と抱き合わせるようにして詩論を発表している。むしろ後者のほうに多くの精力を注いだ詩人も少なくない。若い詩人たちは、先行詩人の戦前戦時下の動向を批判し反省を迫ると同時に、自分たちが同じ轍を踏まないために何をなすべきか、それぞれにまず足場を固める必要があった。戦後社会に真向かう思想の裏づけがあればこその詩活動だった。これこそが戦後詩の本質的な特徴ではないか。

こんなことばを吐いた詩人がいる。「批判精神は作家の原動力であり、これに立脚しない文学は貧しく、その欠陥は直ちに実作に反映する。批判精神は作品批評ではなく、文明批評、社会観、世界観であり、常に作家の精神の奥底に確立されている」（6章）。また同時期に、ある女性詩人は述べている。「日本の詩の貧困は、何よりも詩人の思想の貧困によるのではないだらうか。戦争に疲れた私たちは切に平和と静謐を求めてゐる。そこへゆきつく道にははげしい苦難が満ちてゐる。このやうな時代を詩人は傍観してゐていい筈がない。苦しむものと共に苦しみつゝ新しい時代の烽火であるやうな詩を私は考へる。慰めとなる詩、楽しい詩、みんな必要だ。が、それらに思想の根がほしいのだ」（「新詩人」四六年三月）。

若い詩人たちは、思想と詩は自身のなかで不可分の存在であり、創作を支える両輪または「詩の思想」という捉え方をした。そこから生じる批判精神は占領下にある自国で命懸けで詩作をはじめた気概と一体であった。それゆえ、詩人たちは内なる欲求から、同世代の詩人たちの創作活動や著名な先達詩人の詩業を果敢に精査批評した。批判精神はこういう面にとくに顕著に表れている。世辞や阿り、仲間褒めはもとよりあり得なかった。将来にわたって存在を際立たせる戦後詩の光芒と魅力の核心はここにある。

当時、「イデオロギー」を先行させた文芸が幅を利かせたことは確かであり、本書に登場する詩人のなかにも、抜きん出た創作意欲を時代のイデオロギーに埋没させていった人たちがいることは切ない。しかし、ここでいう批判精神、思想をイデオロギーなる枠組みに入れ込んでしまう狭隘さは避けなければならない。

小書で採りあげた戦後の詩誌は戦後黎明期に発行されたものに限られている。戦後初の同人詩誌と目されるのが一九四五年十一月創刊の「鵬」であり、年があらたまると待っていたとばかりに各地で詩誌が創刊された。ここに載せた詩誌のうち「新詩派」「純粋詩」「近代詩苑」はいずれも四六年早春に発行されている。ほかにもこの年の三月までに出た詩誌は「新詩人」「詩風土」「狼笛・南海詩人」「現代詩」「国鉄詩人」「詩座」などがある。これらを追って発行された詩誌は枚挙に暇がない。

右にあげた詩誌のうち「新詩人」は筆者が長く所属していた同人誌であり、すでに著作[9]としてまとめてあるので、本書の項目には加えていない。この著作では地方から見た中央詩壇という目線で初期の戦後詩を描いている。戦災の被害をほとんど受けなかった長野で発行された「新詩人」は、そこを疎開地にしていた人をはじめ多数の関東の先行詩人たちにとって作品発表の稀少な場となった。なかには戦時下での失地をここで回復せんとしたひともいるかもしれない。加えてこの月刊詩誌は、新規に口語自由詩を書いてみようとする全国の青少年たちに大幅に誌面を提供した。そんなことから他面、「新詩人」は純然たる同人誌でなく地方の投稿誌にすぎないとの見方が強調され、詩誌として例外的な扱いを受けた時期のあったことも否定しきれない。この詩誌への投稿歴のある人がそれを言いそびれ、「隠れ新詩人」なる隠語まで囁かれたそうだ。編集発行者小出ふみ子は関東詩界の噂などものともせず、新人を育てるという意志を公言し実行し通した。新詩人育ちの人たちはいまも少なからず詩を書きつづけているはずである。

12章の「麦通信」は特異な詩誌である。戦争の激化とともに四四年六月に全国の詩誌は「詩研究」と「日本詩」の二誌に統合された。これと同時期に創刊された「麦通信」は当局の検閲を免れるべく小冊子のかたちで密やかに配布され、終戦日を挟んで戦後の十一月までに九号が出た。戦時中の創刊なので、この詩誌に発表された作品の多くは戦後詩に分類されないだろう。しかし戦後詩を考える際に、私は終戦日にあまり強い線を引きたくない。戦後の詩は愛国詩や戦争協力詩、さらには密かに書かれた反戦詩を含む戦時下の詩から一続きにつながるものとして思い描くようにしているからだ。その観点からも「麦通信」は注目されるべき詩誌である。先年、「現代詩手帖」(二〇一五年八月)は「戦後70年、痛みのアーカイヴ」を特集したが、そのなかの「一九四五年詩集[18]」に「麦通信」掲載の詩七篇が占め、この小冊子が終戦日を跨いだ困難な時期を生きた詩人たちにとっていかに貴重な作品発表の場であったかをおしえている。あくまでも詩を書こう・書かせようとした北園克衛執念の詩誌であった。「麦通信」に発表された作品の多くは、北園自身がいうように「郷土詩」に属するが、なにゆえこれらが鉤括弧つきの「郷土詩」なのか。これについては戦時下の愛国詩とかかわり一筋縄ではいかないが、別の論考としてまとめてある。(16)

＊

本書の1章～11章の初出は詩誌「胚」四二号（二〇一四年一月）から五二号（一七年五月）まで、また12章のそれは「現代詩手帖」(17)（一五年三月）である。「北方文学」（一六年十二月）に載せた論考中(16)の「追補」は内容の関連から本書12章末尾に移した。本書を編むにあたり記述の重複を削るなどし、それに伴い表現を多少あらためた。

引用文は明らかな脱字などを除き、できるだけ原文に忠実に印字した。漢字は原則として新字体に置き換えた。引用文中の／印は改行を示す。

主な引用参考文献

（1）小田久郎『戦後詩壇私史』（新潮社、一九九五）
（2）平林敏彦『戦中戦後 詩的時代の証言 1935-1955』（思潮社、二〇〇七）
（3）黒田達也『現代九州詩史・増補版』（葦書房、一九七四）、同『西日本戦後詩史』（西日本新聞社、一九八七）
（4）遠地輝武『現代日本詩史』（昭森社、一九五八）
（5）詩誌「鵬／FOU」小田勝彦所蔵の通巻
（6）杉浦伊作「時評 昭和二十一年の明暮」「新詩人」第一三集（新詩人社、一九四七年一月）
（7）吉本隆明「文学者の戦争責任」『吉本隆明全著作集13』（勁草書房、一九六九）
（8）安藤元雄他監修『現代詩大事典』（三省堂、二〇〇八）
（9）南川隆雄『詩誌「新詩人」の軌跡と戦後現代詩』（思潮社、二〇一一）
（10）『現代詩文庫37 三好豊一郎』思潮社、一九七〇）
（11）三好豊一郎「雑誌「荒地」の発刊まで」（「荒地」復刻版別冊解説、日本近代文学館、一九八一）
（12）宮崎真素美『戦争のなかの詩人たち――「荒地」のまなざし』（学術出版会、二〇一二）、宮崎真素美編集・和田博文監修『コレクション・都市モダニズム詩誌』第三〇巻「戦後詩への架橋」（ゆまに書房、二〇一四）
（13）「三好豊一郎 略年譜」（「Poetica」第三巻第一号「追悼・三好豊一郎」、小沢書店、一九九三年三・四月号）
（14）中村不二夫『廃墟の詩学』（土曜美術社出版販売、二〇一四）
（15）ジョン・ソルト、田口哲也監訳『北園克衛の詩と詩学――意味のタペストリーを細断する』（思潮社、二〇一〇）
（16）南川隆雄「「郷土詩」は北園克衛にとって何であったか」（「北方文学」第七四号、二〇一六年十二月）
（17）南川隆雄「戦時と戦後をつなぐ小詩誌「麦通信」――北園克衛が現代に遺した詩的気概」（「現代詩手帖」二〇一五年三月）
（18）平林敏彦、南川隆雄編「一九四五年詩集 アンソロジー 1945.1.1-1945.12.31」、同「戦中戦後を貫く詩魂――「一九四五年詩集」解題」（「現代詩手帖」二〇一五年八月）

謝辞

本書の執筆にあたって、泉沢浩志、小田勝彦、平林敏彦、藤富保男、柳生じゅん子の諸氏をはじめとする方々には個人蔵の資料を提供していただいた。神奈川近代文学館での詩書・詩誌を閲覧、複写できる幸運が与えられなければ本書の作成はかなわなかった。深く感謝申し上げたい。七月堂の知念明子氏、担当の岡島星慈氏には一方ならずご尽力をいただいた。合わせて謝意を記したい。

主な人名索引

か

き

く

こ

さ

し

す

せ

そ

た

つ

て

ほ

ま

み

む

も

や

よ

南川隆雄（みなみかわ・たかお）

一九三七年三重県四日市市生。詩集『幻影林』（一九七八）、『けやき日誌』（二〇〇〇）、『花粉の憂鬱』（〇一）、『七重行樹』（〇五）、『火喰鳥との遭遇』（〇七）、『此岸の男』（一〇）、『爆ぜる脳漿 燻る果実』（一三）、『傾ぐ系統樹』（一五）。連詩集『気づくと沼地に』（共著、〇八）、『台所で聞くドアフォン』（同、〇九）、『さらばおとぎの国』（同、一二）。エッセイ集『植物の逆襲』（〇〇）、『昆虫こわい』（〇五）、『他感作用』（〇八）。詩論『詩誌「新詩人」の軌跡と戦後現代詩』（一一）。主な所属詩誌「新詩人」（一九五三—九四）、「回游」（二〇〇〇〜現在、編集発行）。

現住所　〒二五二—〇三〇二　神奈川県相模原市南区上鶴間　五—六—五—四〇六

いまよみがえる　戦後詩の先駆者たち

二〇一八年一月二〇日　初版第一刷
二〇一八年四月二〇日　初版第二刷

著　者　南川　隆雄

発行者　知念　明子
発行所　七　月　堂
〒一五六―〇〇四三　東京都世田谷区松原二―二六―六
電話　〇三―三三二五―五七一七
FAX　〇三―三三二五―五七三一

印　刷　タイヨー美術印刷
製　本　井関製本

ISBN 978-4-87944-305-2　C0095